布老虎中篇小说

安放之年

周李立 著

北方联合出版传媒(集团)股份有限公司
春风文艺出版社
·沈阳·

图书在版编目（CIP）数据

安放之年 / 周李立著．—沈阳：春风文艺出版社，2018．11

（布老虎中篇小说）

ISBN 978-7-5313-5530-4

Ⅰ．①安…　Ⅱ．①周…　Ⅲ．①中篇小说－小说集－中国－当代　Ⅳ．①I247.5

中国版本图书馆 CIP 数据核字（2018）第221946号

北方联合出版传媒（集团）股份有限公司

春风文艺出版社出版发行

http://www. chunfengwenyi. com

沈阳市和平区十一纬路25号　邮编：110003

辽宁奥美雅印刷有限公司印刷

责任编辑：韩　喆	责任校对：于文慧
装帧设计：东　科	幅面尺寸：130mm×185mm
字　　数：121千字	印　　张：7
版　　次：2018年11月第1版	印　　次：2018年11月第1次
定　　价：28.00元	书　　号：ISBN 978-7-5313-5530-4

目录

那拉提告别 / 001

安放之年 / 069

布鲁克林宝贝 / 118

更上层楼 / 163

那拉提告别

1

关鹏和于兰刚刚在这家新疆餐馆各自吃光了一份拌面和五个羊肉串。这里只有新疆餐馆，各式各样的新疆餐馆。他们没费心思就选了一家，其实是没什么选择。饱腹到底给于兰带来一种平安的幻觉。

于兰就听关鹏比画着说："这是我们现在在的这条国道，这是另一条国道。两条国道交叉。你看，也就是说，我们有四个方向，但是现在，三个方向都不能通过了，剩下的一个，哦……"

“剩下的一个，就是我们来的方向。”于兰接过关鹏的话。其实不用关鹏解释，于兰突然就明白了他所谓的“状况”。

于兰之前没明白，他们在二十公里外的公路检查站的时候，等待的汽车都在那儿排长队。于兰以为不过是一次例行的道路检查。毕竟一路上，他们总被要求出示身份证件，有时还需要拿出驾驶证和行驶本。新疆虽然广袤，但并不意味着可以随心所欲，事实是，刚好相反。但是这一次的检查，有些不一样。

“昨晚下大雪，现在封路了。”警察站车边上告诉他们。不知道是不是因为穿了过于厚重的大衣，在十月这样的时候，所有警察都显得高大到不可思议。他们还都戴皮帽。不停地落在帽上的雪粒，好像在提醒着，是真的下雪了。

“封路？”于兰问那个警察。

当时，是于兰开车。车是租来的，停在检查站那座巨型大门一样的建筑下方。巨型“大门”上方，垂下一些晶莹的冰凌。于兰疑心那些冰凌随时都会掉下来，刺破车窗玻璃，再刺中她的眉心。如果以这样的方式死去，是不是能上报纸？该死的检查站是不是还得承担一点儿责任？于兰一点儿也不害怕这样死去，但如果换作她的母亲，那就不一样了，母亲肯定害怕极了。于兰从没见过比母亲更怕死的人，虽然母亲总是隔三五天就闹出一桩“我快死了”的事件来。

那几束长长的冰凌始终没掉下来。于兰将车停在路边，准备和关鹏商量此后的行程。

“封路了。但是封多久呢？只要不再下雪了，是不是很快就可以通过了？”于兰说，更像在自语。

关鹏摇头，说不知道。这样的事情，他确实不知道。老天是不是还会来一场暴雪，就像昨晚一样。“你问我，我问谁？”

“你估计呢？我估计应该快晴了。”于兰把头探出车窗，又想起还没拉手刹，于是她踩住脚刹的右脚只得努力往前伸，这姿势让她很不舒服。

从天色上，于兰看不出什么迹象，那些薄薄的云似乎离她很近，但她不确定太阳的方向。太阳此刻会在任何一处云层后，但是太阳出现之前，没有人知道。

“你应该问警察，不该问我。”关鹏把胳臂在胸前交叉，这是代表防卫的姿势，而他在防卫什么呢？于兰想。昨晚那场意外降临的暴雪，倒是值得防卫的。可惜所有人都没为此做好准备，毕竟只是十月初，北京的秋天一如既往姗姗来迟。然而他们在新疆，为这次长久期待的旅行，才不得不提前遭遇降温和暴雪的气候。

他们昨晚入住一家私人小旅馆。这镇上因为紧邻那拉提草原风景区，便有很多名称古怪的小旅馆，多数都两三层楼高，可以看出刚装修过的痕迹，彩色瓷砖贴得任性，大体总是以“居”“驿站”或者“屋”命名。他们住的那家，名为2022。于兰对这个数字好奇过，关鹏说也许因为那是一个年份。“也许老板的租约，会在2022年到期。”他猜测。于兰认为那未免太直白了——离现在还有六年，只有六年。而他们结婚也已经六年了。

2022小旅馆的老板，今天早晨好心提醒他们：“昨晚的雪可不小呢，我们这儿，只要一下雪，旅馆就得关门停业。再开业，得等到明年春天，雪化的时候。”老板解释：“因为道路变得危险了，没多少人会到这里来的。你知道，独库公路——它有多美丽，也就有多危险。”

“可是我们还不知道哇，”于兰回答，“因为我们还没有去过独库公路，大名鼎鼎的独库公路。”从独山子到库车，地图上看，并不远的一段距离，却因为翻越地势险要的天山，公路不得不曲折行进，最美的景致也繁衍于公路沿线，不过他们可能看不到了。

老板安慰他们，说刚下雪，也许还能通过，也许还能见到不一样的雪景——那也是漂亮至极的。所以，他们踟蹰之后，到底还是退了房，接着上路。

2022小旅馆所在的那拉提镇，离独库公路入口只有二十公里。倒是他们连日所见最美的二十公里。一夜大雪落在大地上，便被摊薄了。远处连绵的山脉，只被大雪涂白了山峰的一小块三角形，于是每座山看上去都像切好的比萨饼。积雪之下，黯黑的山体，泛着深浅不一的绿色花纹。近处蜿蜒的蓝色缎带般的河，河边不时现身的马匹与羊群，还有比羊群更近的行道树与红白条纹的路桩……错落有致，像那些裹在保鲜膜内的美餐，有种朦胧却闪亮的光彩。这让于兰感到轻松，毕竟昨天她的母亲打来电话后，她就一直不轻松。

母亲的电话，从来都不是意外，只是于兰日常生活的一部分，一个很大的部分。她还怀疑自己对母亲的电话总会提前有预感。昨天就是。当时他们从伊犁往东行驶，想在天黑前赶到那拉提镇。于兰在途中瞥见窗外天山山脉从上而下的褶皱，觉得很像手风琴在弹奏中拉伸的风箱——风的呼啸，也许真是被山的褶皱奏响的。几乎立刻，某种预感便不期而至——这几天母亲怎么这么安静？

现在想来，于兰明白，缘由在于她想到了手风琴——母亲的手风琴。如今那已是四分五裂的一架烂琴。如果从五层楼上落下来，任何东西都会四分五裂。上一次是手风琴，下一次四分五裂的会是母亲自己吗？谁也说不好。

“吓死人了，这几天夜里总有人敲我的门。”母亲昨天在电话里讲，母亲认为那是“死神”在敲门。“死神”可不是第一次敲她的门了。

然而并没有谁在夜里敲母亲的门。母亲住的养老院，是北京最好的一家，这意味着良好的管理和同样良好的价格。养老院里住着几十个和母亲看上去一模一样的老太太，以及和母亲差别也不大的老大爷——到那个年龄，有时你不太容易分辨他们的性别。于兰很确信，养老院里任何一个老太太，都比母亲可爱。母亲是其中最不讨人喜欢的一个，因为母亲总是念叨着死亡。老人们没人愿意探讨死亡，他们有意对其避而不谈，以为这样就能将死亡关在门外。于兰最初让母亲在养老院多交上几个朋友，那应该很容易，但母亲说“那不过是让我的葬礼上多来几个人”。母亲究竟是怕死还是想死呢，于兰觉得这很难说。母亲已经试过好几种自杀方式，一心一意结果自己。但每当“死神”来敲门的时候，母亲又表现得非常害怕。她说自己被吓得心跳过速，所以她的心力会很快衰竭。“它跳得太累了，跳了那么多年，怎么不累？”母亲给于兰看过报纸上关于心力衰竭的文章。还有几次，母亲认为自己见到了死去多年的丈夫，于是她开始收拾行装，准备跟他离开。还有，母亲一度抱怨养老院总是“有种怪味，死人的怪味”。

于兰总是告诉母亲一个数字——养老院的收费标准，近几年上涨了好几次。于兰说：“这没什么，但是你得相信，这个数字意味着，任何怪味在那里都是不允许的。不可能有怪味，我就闻不到怪味。”

“不，那是死亡的味道。没有谁可以拒绝它的味道，钱也不能。”

“这个数字比我告诉我丈夫的还要高很多，如果我告诉他，我支付了这么大一笔钱的话，下一个死的，肯定是你的女儿。”

“关鹏吗？他跟你不合适，我早跟你说过。你跟谁都不合适。”母亲似乎想都没想，就脱口而出，“你们为什么还在一起？”

总是这样。于兰以为下一秒自己便会耐心耗尽，但没有，她比自己意料中更有耐心。她也比关鹏更有耐心。关鹏曾经是有耐心的，但现在没有了，至少对母亲没有了。有一次，他们在医院，因为母亲在急诊室洗胃——天知道母亲吞了些什么药片。药片都是母亲攒起来的，可能有些还是偷来的。在养老院，每个房间都有无数装药片的小塑料瓶。老人们舍不得扔掉空瓶子，又拿来装别的药片，重复使用。没人清楚那些模糊的标识标示的是否就是瓶内的药片。在急诊室门外，关鹏突然说他要回家了。“谁家的人会一个月进一次急诊室呢？”他几乎是咆哮着讲出这句话的，“真是受够了。”那次之后他再也没有冲她咆哮过，因为不值得——于兰和她不正常的母亲，不再值得他这么当回事地动怒。关鹏还说，他回家，得洗个澡，再看场球赛，他还会为球赛配上薯片和啤酒——这才是生活。于兰让他走了。她没法不让他走。他转身就回到他的生活里去了。关鹏走后，急诊室上方那个大灯泡，忽然一明一灭，随即又一明一灭。母亲没有危险，一切正常。那只是一个老化的灯泡，总是莫名其妙地闪烁。于兰想什么是生活呢？她的生活就是应对这些：老化的灯泡，老化的母亲。

昨天接过母亲的电话后，关鹏揶揄："好吧，这一次，她又闹出什么来了？"

"还是说夜里有人敲门，哦，有死神敲门，让她失眠，因为失眠，她吃不下东西，她说她三天没吃东西了。"

"三天？"

"是，就从我们到新疆那天开始。"

"哈哈，她还真是有想法，没错，一个很有想法的老太太。"

昨天是关鹏开车。于兰不敢告诉关鹏，母亲的电话意味着他们得被"召回"北京，他们还得放弃只进行了三分之一的旅行，退掉订好的酒店，改掉机票时间。她假装欣赏车窗外的景色，却看不出什么景色。这是什么地方？她不是很清楚。路线是关鹏定的。只看见戈壁滩，就像灰色天空复印出来一般。天地同样辽阔，灰蒙蒙，空无一物。她一度错觉他们会永远这样，行驶在路上，没有终点，也不会中途停车。对，还有这辆租来的车，租车费提前付过，如果提前还车，那些不能退还的租车费是会让她心疼的。他们还不是那种能随心所欲应付收支的人，虽然他们如果把工资数额告诉任何一个人，人们都会表示，那算是一笔不错的收入——“足够在北京体面生活了，虽然这里到处都是不靠工资吃饭的有钱人。”但如果把于兰工资的几乎全部，都交给养老院呢？那情况就大不一样了。但她没说过，也没人知道她这些年为养老院贡献了多少。

“如果你不回去，不出现在养老院，我打包票，她不会有任何事。太后奶奶不会有任何事。”关鹏说。他也许不难猜到，这次旅行将被提前终止。关鹏喜欢背地里叫母亲“太后奶奶”。于兰不喜欢关鹏这么称呼母亲，但他认为这个称呼准确又幽默。

“但她不吃东西，七十岁的人，怕熬不住。”于兰说，她想母亲真的三天没有吃东西吗。

于兰小时候也不怎么吃东西，瘦得像纸片，所有挑食的小孩都胃口不好。父母就说“饿了你总会吃的”。于兰昨天也在电话里这样跟母亲说“饿了你总会吃的”。但她其实没把握。因为她记得，小时候，饿太久的话，反倒感觉不到饿了。母亲可能也这样，她可能已经是个不会饿的老太太了。

关鹏说："太后奶奶只不过想你回去，她就要你在她眼前。她闹出的这些，都是为这个。"

于兰当然知道。她说："别这样，她是我妈妈，她年纪大了，想我在身边。这很正常。"

"哦？是吗？"关鹏表示怀疑，"我怎么觉得她不是你妈妈呢？我觉得她迟早得毁掉我们。"

没什么好怀疑的。于兰的五官，像蘸了太多墨汁画出来的眉毛、眼睛和大嘴，这种浓墨重彩的面相只能继承自太后奶奶。

每当母亲要死要活的时候，那浓烈的五官挤在一起的时候，于兰都感到那是种可怕的提醒——于兰不知道自己七十岁时会不会成天想着去死，然而又并没真的死掉。但她可以确定，她不会有个自己这般对母亲不离不弃的女儿。她不会让自己这些年经受的一切，也依样遗传下去。

于兰没有女儿，也没有儿子。一开始，他们并不是这样决定的，只是事情慢慢就变成了眼下的样子。于兰和关鹏结婚没多久，母亲就说过："如果你打算生孩子，要先告诉我。""我会的。""你应付奶瓶和尿布的时候，我得想想我怎么办。”“妈妈，你什么意思？”“没什么意思。就是我得做点准备。”“我不明白。”“你都明白，新的来了，老的就得死了。”“妈妈，你这样说，是要我怎么办？”“你什么也不用办。”

于兰什么也不用办，也把什么都办了，她没有兄弟姐妹，只能自己来办：因为他们都得上班，而母亲片刻都离不开人，她思前想后，然后把母亲送到最好的养老院，挑了间向阳的、温暖的房间。她每周三次坐公交车去养老院看望，有时一周还要多去一两趟，因为母亲总会遭遇“危机”。“我们说的危机，就是说，你们亲属必须要有人在场的状况。”——养老院当初对于兰提出这个之后想来十分含混的要求。他们没说明白什么是“必须”，然后所有的状况他们都可以判断为“必须”。亲属“必须”到场，不然后果自负。

有一次，母亲把自己锁在房间的浴室里。每天早上负责叫醒母亲并打扫房间的护士，在打开母亲房门后，没能打开浴室的门。浴室的门从来都无法锁上——养老院当然要拆除浴室的门锁。母亲用什么方法锁住了那扇门？护士不得而知，也不想知道。护士的工作就是给老人的女儿拨电话，护士甚至都不用去打开那个记录亲属联系方式的Excel表格，而是从手机通话记录里直接找到了于兰的电话——昨天刚刚通过话，通话记录还在列表中靠前的位置。“您好，我是养老院小杨。您母亲，她把自己锁在浴室，我们很担心。我们认为，您得赶紧过来一趟。”护士的声音听上去温柔又亲切，语气强硬，不容分说。

“她在浴室做什么？”于兰问。她想到浴缸里满是母亲的血。这次是要割腕自杀吗？但母亲没有刀片，不过也说不好她能弄来刀片。

“不清楚，我们会撬门，但是请您立刻过来。”

“撬门？”

“对，您母亲的……状况本来就不好。不知道她是怎么锁上浴室的，我们早就把锁拆掉了。”

于兰猜想护士小心翼翼省略掉的词，可能是“精神”。

一个小时后，于兰把母亲从马桶上抱起来的时候，她的胳臂搀进母亲的腋下，母亲松弛的乳房就和她尚待松弛的乳房紧紧挤压在一起了。这让于兰感到苦恼。她怀疑自己感觉不出两种乳房之间的差别。就这样老了吗？念头突然闪过，令人沮丧。而且她还似乎看见了自己年迈之日，白发苍苍，四肢肿胀，乳房萎缩或下垂，在养老院四壁白墙的房间里不敢呼出一口大气，生怕因此惹恼也许正在热恋期的小护士。

母亲没在浴缸里割腕。她整晚都坐在马桶上，因为便秘。她自己给浴室装了插销，螺丝拧得不到位，门一撞就开了。

“好了，你想死就死吧。”那是于兰第一次对母亲说这样的话（也不是如她以为的那样难以出口，后来说多了，就更容易了）。

母亲坐在床边，衣衫不整地仰头看于兰，没一点愧疚的意思。是呀，母亲为什么应该愧疚呢？她只不过是便秘，只不过想锁上浴室的门来对付便秘。

母亲身上单薄的睡衣仍是多年前的那件。于兰想问她买给母亲的那些丝绸和法兰绒的新睡衣去了哪里。母亲为什么总是穿这种稀薄又褪色的纯棉长袖汗衫当睡衣？真是太薄了，母亲的乳头像两只牛眼，虎视眈眈地看着于兰。

“我为什么要死？”母亲意气风发，倒不像刚刚死里逃生的老人了。她的便秘问题还没解决。母亲说本来都快解决了，“如果不是因为你”。

因为于兰出现，母亲一夜的努力作废，但于兰不会因为母亲的埋怨而真的生气，她所有的窝心火都在来日方长中消磨掉了。现在，于兰和母亲其实只不过是在比赛，比谁更有耐心和耐力。

“昨天我来，你说楼上有拐棍敲地板。”于兰说，她不想听母亲一直说便秘。

“是的，咚咚咚咚。楼上老头睡不好，晚上就用拐棍敲地板。他还想敲穿地板，逃出去呢。我知道，他跟我说过。”母亲瞪着眼睛，那双眼睛看上去还很有神采，母亲家族一脉相传的双眼皮大眼睛，总给人一种精神抖擞的错觉。

“我现在就上楼去，告诉他，如果他再在半夜动一下拐棍，我就拿拐棍当柴火烧了，好不好？”她蹲下身，像最体贴的女儿一样轻拍母亲的膝盖，又顺便把母亲肩头那条养老院公用的已经泛黄的白色毛毯往前扯了扯，让毛毯两角盖住乳房，这样她就不必盯着母亲牛眼般的乳头了。

“楼上老头，他还能逃到哪里去呢？这是全北京最好的地方了，有吃有喝，有人给你叠被穿衣。”如果可能，她真想同母亲换一下，她住进养老院，享受精心的照顾，任性时随便发泄，让母亲去挤公交车，去挣钱。

“哦，如果这是最好的地方，那就再没有不好的地方了。”母亲说着，同时用干瘦的手指摸索着碾压于兰的头皮，似乎在回应于兰轻拍她膝盖的动作。于兰感到头皮发麻。她想起那对乳头曾经被自己的嘴咬过，嘴也一阵发麻。她再不要想、不要看母亲的乳头了，但蓬松的两团肉，仍在纱布般的汗衫里自顾自地晃动。

她站起身，告诉母亲：“如果你没事，我就回去了，再不走会堵车，我来不及做晚饭。”她已经开始穿外套。母亲双脚蹬掉拖鞋，没穿袜子的两只脚，像风干的老鼠在地板上左右腾挪。

她再没去看那两只“老鼠”，而是迅速走出房间。反正用不了多久，她还会出现在这里，同一个房间。她会被同一名护士用同样的口吻召唤，再带着疲惫的责任感，坐一个多小时的公交车。幸好有公交车，幸好养老院位于公交车的终点站。

2

但新疆可没有直达北京的公交车。在天山腹地的小镇那拉提，于兰没看见任何形似公交车的大型交通工具。无法继续行程的越野车都停在国道边，道路封闭后，任何车辆都显得无辜又多余——它们纵横捭阖的光荣经历此时都成为无用的过往。

关鹏和于兰仍坐在餐厅大堂。没人来撤走那些用过的盘盏。冷油在棕色木桌面上凝结成发亮的白色固态。相邻的几张桌子已陆续坐满游人。那些五颜六色的冲锋衣，完美融入餐厅同样色彩缤纷的墙纸。他们用洪亮的声音抱怨老天，责怪老天蓄意破坏了这里所有的长假旅行计划。那些人的四川方言，混在来回奔走的那个少年高声喊出的维吾尔语里。少年肤色发红，小小的发卷盖满脑袋，一边赤手用烤馕裹住几根肉串来回搓揉，一边几乎是奔跑着把烤馕和肉串准确送到某张餐桌上。

透过窗玻璃上凝滞的水雾或油渍，于兰可以瞧见窗外忙碌的维吾尔族男人们。烤肉串的木炭烧得通红。男人们一个个热气腾腾，他们似乎正在取笑其中一个坐着的人。被取笑那人，只低头笑着，不言语，他忙于给手里的钢扦子穿上切好的肉丁。

于兰刚刚问过检查站好几个警察，但“什么时候通车”的问题就像过于深奥的论文，所有警察都避之不及。“不知道”“不清楚”“不好说”，他们只管封路，而通车，那可是老天决定的。

“可是我必须赶回乌鲁木齐，才能坐上今天最晚的航班。”她说。她没说她有个母亲正在北京的养老院寻死觅活、绝食抗议。

关鹏还是抱着两只胳臂，说：“是不是赶不回乌鲁木齐了？老天舍不得我们离开这儿呢。”关鹏当然不想回北京，难道就为了于兰母亲有惊无险的状况大费周章地回去吗？他肯定清楚于兰是想回去的，她的身份先是一个随叫随到的女儿，然后才是妻子。他也没准正在感谢老天这次总算向着自己。

警察似乎根本没听见他们的话，或者只是太忙顾不上。警察一边挥着含义不明确的手势，一边走向后面那辆车。

后来，有个没穿制服的当地人敲他们的车窗。当地人是想让于兰记一下检查站的电话：“你们先回那拉提镇上等着，随时打电话给检查站，如果通车的话，他们会告诉你的。”于兰就在手机上记下了一串号码，尾数是一串6，很好记。号码也是那人说的，但于兰忘记找他要区号了。

“还有别的办法能今天赶回乌鲁木齐吗？”她问那个

当地人。

那人一脸困惑，只说自己从来没去过乌鲁木齐，后来又重复叮嘱让她记下检查站的电话。

关鹏有一阵子一直用上扬的语调念叨，“那拉提、那拉提……”他假装自己在说维吾尔语，听起来像磁带被卡住。他们倒真是卡在那拉提了。这个位于国道两侧的小镇，总长不足两百米。他们发现所有车辆都从检查站折返到那拉提镇上来了。所有新疆餐馆都在店门外烤肉串。青烟被风鼓吹，四处漫开，好像舞台四周喷出大量干冰气体。小超市把有线广播放在店外，杂音很大。广播里正说着昨晚的大雪，或者在预报今晚的降雪，“局部地区……能见度……历年平均水平……行车安全……零下二摄氏度……夜间”，没人知道什么含义，但所有人都知道这其实意义重大。

“我们要在这儿等多久呢？”“不会一等好几天吧？”“好像预报今晚还有雪呀！”“是呀，镇上也住不下这么多人哪？”……于兰去那家小超市买水，因为听见这些议论，她就又多买了一些。

小超市货架间距离太近，她只能侧身走，走到货架通道尽头，也没有任何发现。五颜六色的小食品，包装袋都蒙上一层厚灰。世界本是彩色的，但现在蒙了灰。一个男人，看上去比那些包装袋鲜亮一些，问她："你在找什么？"

她抬头，几乎抬到不可思议的角度，才找到他的脸，他比货架还高。他身上菱格形图案的毛衣像一堆塔罗牌，每张牌中心都有神秘的肖像或图案，每一个肖像都预示着未来的不同道路。"塔罗牌"男人挡住了她的方向。

于兰说："花生？有没有花生？"

她刚好看见左边货架上的"天府花生"，她不需要花生。她只想迅速说点什么，说什么都无所谓。她从来没想到男人的脸可以长成这样。他们在城市里，大多显得同样疲惫同样虚荣，同样自以为是。但眼前这张脸可以算成另类——可能因为胡子，不算浓密的胡子，刚好把嘴遮住。男人们如果挡住自己油腻的嘴，便总能避免暴露出雷同的浅薄。

"花生？这都是花生。"他一手握着一瓶水，另一只手是一瓶酒——可能是酒。她不敢仔细看，她发现，他和自己都没有避让的打算。

"我想要新疆产的花生。"于兰甚至又往前走了一步，在货架上假装寻找。

他抱歉地说新疆不产花生。“新疆产瓜子，但不产花生。”

“哦，你是本地人？”她打算接着问他新疆还出产什么。但他说不是。她以为他会接着说点什么，有关他从哪里来，准备到哪里去，以及封路如何影响了行程——整个小镇现在都在谈论这个话题。

“我来了三个月，可能刚好比你知道得多一点。”他笑起来，胡须里露出嘴和牙齿，像从林里钻出的小东西，一闪而过。

她以为他是小超市的老板。现在她恍然大悟，收款台前那个发呆的男人才是老板。“那，我……”她没再往前走，而是后退着，挪出那条昏暗的通道。通道不算长，所以她不必转身。他也没转身，而是径直跟她走出通道，两人一进一退，像某种舞步。

一个小插曲——走出小超市，看见关鹏正在研究那个聒噪的收音机的时候——她想。

“怎么这么久？”关鹏没有停止摆弄那个收音机——那是坏消息出发的地方。断续的播音让人焦虑，因为无法得到完整的信息。

"没事，就是多买了一些水。"她提着一袋瓶装水——沉甸甸地把她整个人往一侧坠去。她回头看了一眼，想看见些什么，但那男人不在。

"收音机没问题，信号有问题。"关鹏说。他对无关紧要的东西倾注了太多好奇，这让他有时候也像一个接收不到信号的收音机。

于兰和关鹏直接去了小超市旁那家新疆餐馆。上午十一点，新疆刚刚进入明亮的白天。这一天还会很漫长，似乎除了吃饭也没别的事可做。

关鹏说，他们不应该退掉旅馆的，因为旅馆现在正好坐地起价，怕都没有空房了。

于兰说不。"难道我们还要住一晚吗?"

"就当最坏的打算了。"关鹏说。

"不会的，雪已经停了，路面也快干了，我们肯定能今天走的。"于兰说，好像故意给关鹏暗示：他们得回去了，不能停留，因为她的母亲正在养老院消耗最后一点卡路里。

"但愿吧。"关鹏胃口很好，他刚刚吃掉许多碳水化合物，他怎么能理解绝食者的感受呢?

"我们得想想办法。"于兰说，她知道其实想不出什么办法。

于是关鹏才摆上两根钢扦子，开始给于兰讲他们“目前的状况”。

“办法就是，要么等检查站放行，通车。那我们就按原计划，往东回乌鲁木齐。要么，我们走回头路，往西，从伊犁方向，绕回乌鲁木齐。”他简短地给出两个选择。事实也确实就这么简单。

“天哪，我不要走回头路。”她认为这是太过妥协的方式了。回头路意味着昨天还有前天走过的路，都是无用的白费力气的，而消耗更多时间也只会带来更多沮丧。她不想要更多沮丧。

“那就等着喽。”关鹏说，手里还玩弄着那两根扦子。他一本正经地像个击剑手那样，让尖锐的扦子从各种角度穿刺空气，仿佛某处真的有让他仇恨的什么东西。“我不怕等，就是，可能有点无聊。”他耸了耸肩。

于兰想到该给养老院打个电话，又不知道如何解释，说自己被困住了，回不去了，这消息只怕会刺激母亲做出更过火的事来，母亲会怀疑她根本就是故意的，故意置之不理，还借口“天降大雪、道路封闭”。

万一立刻就通车呢？于兰想，可以给检查站打电话。于是她拨了几次，但无法接通。也许打电话的人太多，检查站应付不来。过了一会儿她意识到，她得在号码前加上区号。真是愚蠢，她想，然后加上区号，再拨出。

“你好，平安独山子。”对方的声音出乎意料的平和，对比得此刻于兰心急火燎的询问有些不近人情、小题大做。

“你好，”于兰调整呼吸，“我想问，独库公路通车了吗？”这样应该可以了，这是她此时能表现出的最理性的声音。

“还没有。”

“什么时候可以通车呢？”

“我们也不清楚。”

没有奇迹发生，她想。但是，“那怎么办”，她很奇怪自己为什么要这样问电话那边的陌生男人，怎么办？谁能告诉她该怎么办？

对方告诉她：“你可以过一个小时再打电话，也许那时会有好消息。”

于兰道谢，挂了电话，告诉关鹏，“他说会有好消息”（尽管是也许）。关鹏说：“会有好消息？”但他的神情在说："你真的相信他说的，会有好消息？你别傻了。"

关鹏又说他们得做好其他选择的准备，"有好消息当然好，要没有，我们退而求其次，也得准备着。"

于兰不想"退而求其次"。"我们还没有等太久，还可以再等等。"

关鹏喜欢"退而求其次"，有时候他们在北京那些人多的餐厅等位，关鹏总是说："算了，不如换一家。"他可能是对的，换一家也没什么不好。但于兰不喜欢"换一家"这种事带来的不甘。如果她坚持不换，他们会争吵。多数时候争吵的结果，都是他由着她。但现在关鹏不跟于兰吵架，他越来越懒得跟她吵架，他认为她固执得不可思议，这一点上，她跟太后奶奶一样。关鹏想远离太后奶奶，所以，他也计划着远离于兰。他们已经说过离婚的事，在来新疆旅行前。关鹏的理由是，他的生活被毁了，除了离婚，他没有别的办法改变这种生活了。但这理由不充分，他就没能坚持。关鹏也许还能"退而求其次"，比如离开北京，离开太后奶奶，这样于兰会是一个不错的妻子。他对妻子的要求不高，正常一点就行，但于兰把自己跟母亲合体了，他差不多同时娶了于兰和她母亲。于兰的理由是，关鹏不愿负起责任，他甚至都懒得做些表面上的事情了，这该多让她寒心。比如母亲酒精中毒那次，母亲被抢救，刚醒过来，关鹏就说："我们可以走了吗？"仿佛他终于等到漫长的默剧打出剧终字幕，还是一部沉闷的默剧。但于兰的理由也不够充分，她希望关鹏没准儿能理解自己，毕竟从前他还是一个知书达理的丈夫，他其实知道得体的话都该怎么说。

关鹏第一次去于兰家的时候，两人都三十多岁了。不用说，于兰是关鹏"退而求其次"的选择；于兰呢，她是从来就没的选。那次关鹏的表现真是绝佳。厚实的双唇让他能始终保持最温和的那种微笑，很让人信赖的样子。关鹏甚至还握着母亲的手，好几个小时听母亲讲她的便秘问题。这世界上从此将不只有于兰一个人叫她妈妈了，于兰愉快地想。关鹏带来的苹果和梨，让餐桌显得很热闹；他送给母亲的红围巾当天就挂在了母亲的脖子上。一切都波澜不惊顺理成章地发生。当晚，关鹏躺上了于兰的床。床太旧，摇摇晃晃，有催眠效果。

半夜，一只蝙蝠飞进了隔壁母亲的卧室。关鹏冲锋陷阵，煞有介事抓蝙蝠。不过，于兰始终没看见蝙蝠的半点影子，她觉得这是母亲故弄玄虚的把戏。关鹏只穿纯白的秋衣裤上蹿下跳，倒像一只白色蝙蝠。这个家里突然有了男性的味道。那天晚上于兰甚至特意去闻了闻关鹏身上的秋衣。如果能每天闻见这味道，她可以任何事都不在乎的。

关鹏说："都是汗，别闻了。"

于兰说："那有什么？谁还不出汗？"他解释说刚刚在母亲房间抓蝙蝠，跳得太卖力，出了太多汗。

她抱歉地告诉他："根本就没有蝙蝠，你看见蝙蝠了吗？"

关鹏犹豫着："灯太暗，我没看清楚。其实也没看见，可能是影子，灯影。"

于兰笑起来："那你还那么卖力，跟真的似的。"笑过之后，又感到不安。关鹏这样的人，做着买卖，长着无害的脸，在关键时刻当然是长袖善舞、懂得如何表演的。她觉得对他更多了一重了解，只是她暂时还不知道这种了解是好事还是坏事。都怪他的味道，让她既无法思考，又无法入睡。

关鹏不好意思地陪她笑，她不再笑的时候，他还在笑。有一刹那，只有他的笑声，低沉的，却极突兀的那么一声。他们都意识到那刹那的尴尬。之后她觉得那声笑，其实是很孤单的。他吞吞吐吐解释着自己为什么要驱赶并不存在的蝙蝠："我觉得很好玩哪。不过，当然也是，为了，讨好你母亲。"

于兰很感动，但仍说："她总是这样，以后你就习惯了。"

"怎样？每天抓蝙蝠？"

"不，蝙蝠倒是第一次，但她，她跟我们不一样。"

"不正常？"

"如果你非要这么说的话，算是一种不正常吧，但我觉得她是怕我们都走了，剩下她一个人。"

天一亮，关鹏就离开了。卫生间的马桶盖没被放下来。在三个人都辗转难眠的这晚之后，母亲看于兰的眼神开始有了变化。母亲说，于兰，我一夜没睡，我觉得我可以死了。

母亲年轻时倒是温柔，那些年，母亲为她受了不少苦，都因为于兰那个从未出生的弟弟或妹妹——如果那个打掉的婴儿是她的妹妹，也许对于兰来说，一切都会容易一些，但如果那是个弟弟呢？母亲认为那一定是个男婴，所以不能生下来。"早知道我就留下那个祸胎。"

“又不是我让你打掉的。”于兰说的是事实，一切与她无关，她那时七岁，上小学一年级。

“但如果不是你，我为什么要打掉他？”越到后来，母亲越发相信这都是真的：那个弟弟之所以不能出生，真的是因为母亲已经有了于兰这个七岁的女儿——留童花头，在班里当小队长，喜欢唱歌和剪纸。“你又不是不知道，你奶奶多喜欢男孩，你爸爸多喜欢男孩，如果那是个男孩，你就什么也得不到。”

“说得好像我从他们身上真的得到过什么一样。”事实上，是母亲失去了一个，就得看紧这一个——于兰这么理解。

于兰七岁时陪母亲去医院做手术，父亲和奶奶对此全然不知。其实于兰也同样不明白那天在医院发生了什么。她只是在放学后被母亲带到医院，坐在走廊的长椅上背诵乘法口诀。母亲进了一个房间，没多久，又出来了。她们两人坐三轮自行车回家。于兰得到一块有果酱夹心的蛋糕作为晚餐。母亲到家就去睡觉了，直到晚上也没起床。于兰不认为这些事有什么不寻常，不过那块蛋糕里的果酱夹心，倒是非比寻常的甜。几天后，于兰被父亲打肿了手心，因为“不诚实的小孩就该挨打”，然而她还是不知道自己如何成了“不诚实”的孩子。

“你爸爸再没提过这件事，但是他从没停止对我的惩罚。”母亲说，“不然还能怎么样？他会丢掉工作，你会没人照顾，我们还要交上一大笔钱，就这么简单。我为你们考虑，到头来你们全来惩罚我。”

“我怎么能用好吃好喝的来惩罚你呢？我真是太缺德了，这一点我肯定是遗传你的。”于兰说。

于兰很多年后才知道，去医院那天母亲身上发生了怎样的变化。事情是母亲自己原原本本告诉于兰的，在母亲认为于兰可以理解这种手术的时候。还不如不说，于兰想。

于兰对那天的医院记忆模糊——走廊两侧的墙面，下半部漆有绿色油漆，油漆上刻着模糊零乱的字。黄昏时的走廊，光线暗沉，尽头处似乎有两扇黄色大门，门上镶着几块玻璃，于是光线在走廊尽头处就格外明亮，从长椅往那头望去，让人睁不开眼。

母亲那时在新华书店工作，负责收款台，袖套上总有洗不掉的红色印泥。于兰开始害怕那些红色印迹，那毕竟太像血迹了。

也确实是。母亲后来这样形容于兰的爸爸：“他从来不知道自己有个女儿，他花了五分钟生了个女儿，然后就忘了这事。”

于兰并不这样认为，父亲虽不常在家，但他在家的时候，偶尔也会让于兰帮他做点小事，把遥控器递到他手上，然后在他想看着电视打盹儿的时候，给他拿条毯子。但母亲后来又说：“他把你当小猫小狗支使，你还乐得当他的小猫小狗。你肯定不记得了，那年他把你忘在公交车上了。他喝了点酒，但肯定没醉，他只管自己到站下车，他回家我问他于兰在哪里，他说在公交车上，然后，你知道他做了什么吗？他躺床上开始睡觉，他说你自己能回来，他一点儿也不着急。”

“我不记得有这事。”于兰说。

“你当然不记得，你能记得什么？”母亲说，“我担心他是想把你丢掉，像丢小猫小狗一样丢掉，他故意这么干，但他没成功，他肯定跟你奶奶合计过很多次，要把你丢掉，没准儿压根就是你奶奶的主意。他没想到你那么小还能自己回来，你走了一站路。所以，我得时刻盯着你，不然，你就被他丢掉了。”

“你跟我说这个有什么用？”于兰认为父亲没那么不喜欢自己——毕竟父亲已经死了，死无对证。

“是没用，跟他比，最后还是我赢了。”母亲说，“他用尽各种办法，最后还是我赢了。他好几年都没碰过我，这都没什么，他还以为我怕这个呢？他去碰别的女人，公开碰，我也不怕，我无所谓，我知道我肯定会赢的。”

听母亲说自己和父亲多少年没有性生活的时候，于兰还没遇见关鹏。父亲一死，母亲就变得多话。只是母亲说的从前的事，很多都和于兰的记忆不太一样。母亲从前很沉默，一生都在收款台工作，一开始是新华书店，后来是音像店，最后是电器商场。这些工作都不需要滔滔不绝的口才。父亲不在了，母亲有勇气说话了，宣称自己如何战胜了他。

母亲说：“一开始他就跟我冷战，夫妻都会冷战，但没有像我们这么久的，他以为不理我，我就会崩溃。他真是天真，不，真是愚蠢，我有你，我有女儿。有女儿的女人怎么会崩溃？要是哪天我没有你了，我才会真崩溃。

“有几年，他疯狂地要，早上要，晚上也要，你问要什么？当然是要我，他以为我不知道他怎么打算的，他想让我再怀孕，怎么可能？他不知道我已经不可能怀孕了，一劳永逸。

“后来，他就不要了，几年不碰我。你应该记得吧？那时我每天都在你的小床上，和你一块睡觉。你睡觉不老实。你上中学了，半夜偷偷起来，跑去厕所看言情小说。你以为瞒过我了，你不知道我只是懒得揭穿你。而且你去厕所看小说，我可以把胳臂伸开，睡得舒服些。”

于兰有时说：“哦，当年你真该生下那个孩子，那我现在就可以解脱了。”

母亲说：“解脱？你说什么？”

“没什么，妈妈，你不用那么紧张。”于兰想这可能是不该提的事情。

“你解脱吧，你随时可以解脱。我也好把自己解脱了。”母亲转过头去，像小孩很认真地在生气。于兰也转过头去——她确实用错了词，但她也真的找不到比解脱更合适的词了。

后来于兰发现母亲又摆出了父亲的遗像，那遗像曾经被放在衣柜最底层，被弃之不顾的。遗像上的父亲太年轻，曝光过度的照片让脸上的皱纹完全消失。三十英寸大小的黑白遗像，在不大的房间里最明亮的地方挂着，地位尊贵。有时于兰会以为那是一个陌生人闯进了母亲的房间。

“你怕什么，他是你爸爸，你还不认识吗?”母亲对着大遗像说。

母亲还说：“我怎么办？她现在认为那个花言巧语的男的才是亲人。她被那个男的骗走了。我当初为什么没有听你的？你说养儿防老，我想女儿也一样。但现在不一样了，她现在眼睛都没离开过那个男的。她还不知道这是多可怕的事。你是不是早就知道有一天会变成这样，真可怕……”

于兰向母亲做出保证，保证自己不会扔下母亲不管。她还写过好几张保证书，为的是让母亲在父亲遗像前把保证书烧掉。母亲现在和死去的父亲是一伙了，于兰是母亲的敌人。她试图为自己澄清：“我三十多岁了，你不认为我应该结婚吗？你三十多岁的时候不已经结婚了吗?”

母亲说：“如果我不结婚，就没有你，我就该少受多少罪。你奶奶那个老顽固，看见我生下来的是个女儿，就再没进过我们家门。”

母亲又说：“你别以为结婚是好事，男的会让你怀孕，然后生下一个忘恩负义的东西。这都是我的教训。”

于兰不得不提到那个过早消失的胚胎：“还不都是因为你瞒着爸爸去打胎，不然他会对你不错的，不是吗？”

于兰耿耿于怀的，其实是母亲居然带着自己就去了医院。她开始怀疑一切都是因为那天她陪母亲去了医院，以至如今她在母亲眼里就成为一个证据。她的存在就证明母亲做过那件也许正确也许错误的事。这些事情让母亲在几十年的婚姻里处于不利地位，尽管母亲宣称自己最终赢了父亲。

“什么样的母亲才会带着七岁的女儿去做这种事呀？”于兰说。

“不是你想的那样，我不能请假，我还得接送你上下学，你爸爸和你奶奶什么时候接送过你？这都是我的事。我只能带你去医院，我只有那么一点时间。”母亲说，“我又没让你进手术室。”

“你以为真那么简单吗？”于兰说。

3

很不容易才熬过一个小时，于兰再给检查站打电话，仍然是同一个声音告诉她：“你好，这里是‘平安独山子’。”她问了相同的问题。什么时候通车？不清楚。估计呢？估计不出来。那怎么办？过一个小时，再试试。她想再说点什么，一时又想不出说什么。对方先挂了电话。这时于兰发现旁边桌的一男一女，正盯着自己。她猜他们刚刚在偷听她讲电话。

那个男的很胖，发福的肚子抵着桌沿儿。于兰看他的时候，他说：“是给‘平安独山子’打电话吗？是还没通车吗？”

于兰点头，胖男人就朝他身边那个方脸女人说：“我就说吧，不用我再打电话了，因为这位女士刚刚打过了，路还没通！”

方脸女人朝胖男人翻了个很长的白眼，翻完之后才不慌不忙睁眼看于兰，说：“我不过就让他打电话问问，他就是懒得打，说你已经打过了。”

胖男人说：“结果都是一样的，为啥子还要多打个电话？”

方脸女人提高了嗓门：“嘿，你不懂啊？打电话让我觉得，还有点儿希望，要是就这么等着，我真是快绝望死了。”

胖男人笑起来，肚皮拱得餐桌都在颤动，他说：“好，好，从现在开始，我一分钟打一次，要不要得？”

女人也笑，一笑她的方脸就圆润起来，很受用的样子，但嘴上还不依不饶：“要得，一分钟一次，哈，那你是恶意霸占线路。这种时候，没完没了等下去的时候，其实最见人品了，你霸占线路，人品真差。”

“我不霸占线路，我只霸占你。我人品是不是就好了？”男人说。

女人娇滴滴地笑，举着拳头做出要打男人的动作。

大部分游客吃过东西，就离开了——那些人只能去走回头路，让旅程公里数延长数倍。也有少数人继续留下来等，大多无所事事，没人喝酒或打牌。偶尔有人起身，去收银台要什么东西，也总不忘问句“什么时候通车”。收银台后，餐厅老板娘一遍遍说“不知道”，有时，老板娘还补充一句：“你自己打电话去问‘平安独山子’嘛！”

于兰就问关鹏：“你想出去走走吗？”关鹏之前一直把头埋在手机上，这会儿他抬头看了看，胖男人正往方脸女人胸前钻，关鹏皱了皱眉，就说好。

方脸女人突然大声问：“小杰呢？小杰不见了。”

她的孩子不见了。十几岁的男孩，之前一直在店门外看男人们烤羊肉串，或者也不是，男孩只因为不愿意跟父母坐在同一张桌上，忍受他们互相埋怨后半真半假的调情。

“我让你看着他呢?”女人吼着胖男人。胖男人一脸委屈，他可能总是承担过错的那一个。

“小杰！小杰!”女人在餐馆内来回跑动，差点钻进后厨门上那条花门帘里去。不过老板娘还是掀开门帘，让女人探头去看了一眼，小杰当然不在里面。

女人捂着鼻子，又去看门帘旁的消毒柜，好像小杰会藏在消毒柜的玻璃柜门里一样。

老板娘站起身，露出有身孕的肚子，她似乎并不理解这个气势汹汹的母亲为什么焦急。“可能跑去哪儿玩了，一会儿就回来了。男孩子嘛，总是坐不住的。我养了三个儿子，要像你这样，早把自己急死了。”

“怎么一下就没了呢?”女人困惑极了，又说，“我要有三个儿子，我也不着急，但我只有这一个。”

“嘿，去卫生间看看。”老板娘招呼来那个在餐桌间奔跑送烤馕和肉串的少年。少年咧开嘴笑着，大概是表示没问题。但他的笑似乎也侵犯了女人，女人仿佛被蒙骗一般，急于问出些什么：“怎么了？怎么回事？卫生间在哪里？”

少年用下巴示意了一下，表示卫生间在二楼。女人要往二楼去，又看见胖男人坐着没动，就临时换了方向，朝胖男人奔过来，像一阵敏捷的风，呼地一下子缠住胖男人的胳臂，来回地摇，好像男人已经昏迷，她得把他摇醒。“你倒是想想啊，有没有看见小杰？”

“他应该在外面的，几分钟前还在那儿的。”

“应该？他会去哪儿？”女人站在店门口，左右扭头看，已经忘掉刚刚自己还打算去二楼卫生间找儿子。“不是你儿子，你巴不得小杰丢了才好。”女人说。

胖男人也站在店门口，他为自己解释：“你要是没有没收他的手机，现在我们还能打电话问问……”

店里有几个顾客也加入了他们的讨论，有人说可能去了旁边的超市，也有人不知道为什么说起人口拐卖。但那是个十几岁的男孩，没人会拐卖那么大的孩子。“拐去挖煤呢？也是个劳动力。”“男孩没那么容易被拐走吧。”

“卫生间没有。”维吾尔族少年三步两步地从楼梯上跑下来，朝老板娘喊。他总是急匆匆的，像小铁球一般在人们眼前溜过来又溜过去。

老板娘摸了摸少年的头，少年又去摸老板娘的肚子，被她一巴掌打了回去。

“大窗户是开着的。”少年小声告诉老板娘。

老板娘笑起来：“他能从窗户逃跑啦？那是二楼！你每天就知道看电视剧，真是电视剧看多了。”

于兰想问关鹏，他们需要做点什么吗？孩子不见了，坐视不理，总是说不过去。但也许事情没这么简单，她知道。小时候她被父亲丢在公交车上，也许父亲是故意的，也许父亲只是忘了叫她下车，但事情也并非“有意”或“无意”这么简单。她现在猜想，父亲只是犹豫不定，这才符合他的性格。他拿不准要不要丢掉于兰，只好听天由命。他也拿不准要不要跟母亲过下去，又只好听天由命地一直过到自己心脏病发作死掉的那一天。

“我为什么没收小杰的手机呀？能怪我吗？你又不是不知道。小杰拿着手机就跟那个小妖精联系，他才十四岁，哪能成天做这些不正经的事？”女人和胖男人也许刚刚去超市找过了。现在，他们又一起回到餐馆。

胖男人提议再等等，他们不能离开餐馆——如果离开，小杰回来的话，就找不到他们了。他说：“人找人，找死人。”

“你才找死人，你留在这里，我去找。”女人不停跺脚。

胖男人不同意，让女人留下，说他去找。

女人并不相信他。“你怎么找？他又不是你身上的肉，你根本不关心，你要是关心，小杰也不会丢了。”

关鹏突然说：“也许被外星人掳走了。”

所有人都盯着关鹏。于兰诧异他为什么这么说。外星人？女人朝他翻了个更长的白眼。

关鹏笑着说：“怎么了？开玩笑嘛。气氛太紧张了。”他一点儿也不着急。于兰发现自己从未对关鹏这么失望。但她还是扯了扯他的衣服，提醒：“少说两句。”

“你才被外星人拐走了，你们全家都被外星人拐走了。”女人终于没忍住。

于兰向女人道歉，解释说关鹏不是有意的。那个孩子，小杰，一直在店外，没人看见他进来，也许只是去邻近的地方逛去了，被什么东西吸引着，看入迷了。这是常有的事。

胖男人已经出去找孩子了。

“小杰本来就不愿意来的，是我非要带他来的。”女人在距离自己最近的椅子上坐下，软软地瘫住，口中还在自语，“要了命了，这鬼地方，走又走不了，把孩子丢了。小杰会不会被车撞了？”找不到孩子的母亲，总是要死要活。她还可以绝食，像自己母亲一样，如果小杰不出现，她就不吃不喝，于兰想。她没收了小杰的手机，让他跟任何人都无法联系。那个“小妖精”，可能与小杰同龄，他们谈得投机，相约在假期去看电影去吃大餐，于兰相信，很大程度上，他们这个年龄的着迷也就仅此而已。但小杰被困在一个遥远的镇上，等着继续一段前途不明的旅程。女人所做的全部，都是让孩子重新回到自己体内，再也不要出生——这才是永恒的拥有，绝对不再失去。也许母亲从未失去过那个男婴，于兰想。在某种意义上，那个胚胎和母亲一直住在同一个身体里，母亲失去的是于兰。这种失去，真是那么要命的失落吗？于兰不明白，也不想弄明白。

于兰把餐巾纸盒放在女人面前。女人没看于兰，也没哭。

关鹏说：“反正封路了，小杰肯定在镇上，哪儿也去不了。”他可能是善意的，只是这样的话听上去更残酷。他们处于相同的处境，类似的命运，陷在走不出去的地方。

“你，你能不能再给‘平安独山子’打个电话?”女人突然想起，恳求着于兰，“我没有存他们的电话。”

于兰说：“可是，‘平安独山子’，他们不管找人吧？检查站离这里，还有二十公里呀。”于兰突然有种让自己都害怕的想法，她有点希望男孩真的被外星人拐走了。在渺无人迹的太空，他除了氧气再也不需要多余的东西。他可以做回自己。如果外星人再帮男孩拐走他那个小妖精，那就是圆满的结局。

但这是童话。成年人不能相信童话。于兰对眼前的方脸女人生出一种厌烦。先前那些同情与关切，都是成人世界里的东西。她现在不想待在这个世界了，因为这个世界的难题，她应付不了，她在经历一场艰难的考试，她还一道题都没解答出来。

“我们很抱歉。但是我们准备出去走走，也许能帮您留意一下。你一定不要离开餐馆，要不小杰回来怎么办?”关鹏总算说了一句不让人难过的话，他偶尔通情达理起来，也让人意外。到底哪一个才是他真实的一面？她已经很久没有闻过他身上的味道了，他现在是个没有味道的人，是绝缘体。他说完向于兰眨了眨眼，他一眨眼，倒是解救了她。她拿上东西，跟关鹏走出餐馆。

“你不是真的要去帮她找孩子吧?”于兰问。

“当然不是。”关鹏微笑着，“就是觉得没这么夸张。女人为什么总是很夸张。”

“对，她们总是很夸张。”于兰说，好像自己不是女人。

国道上，连行驶的车辆也很难见到了。空气再度变得冷峻，似乎云层也变得厚重，至少没有消散的迹象。雪倒是停了。

关鹏和于兰早就过了“一起走走”的阶段，一起走走需要太多默契和兴致。他们为找回这种兴致做了很多事，一起参加了几个聚会，都是有主题的那种，每次都有人主讲，之后所有人讨论电影或者环保的话题。他们加入了一个健身班，还买了一些心理书。那些书里几乎都有关于爱情和家庭的章节，虽然两人都没能读进去，但那些书摆在那里，好像它们迟早还会发挥作用一样，有时又觉得那些书是一种提醒：问题还在，还没解决。有朋友建议他们一起去旅行，听上去这比看心理书要简单易行。“一定要去，你们会有不一样的发现。”那位朋友说得很坚决。于是他们一起计划了这次到新疆的旅行。选择新疆是因为它很远，这也是听从那位朋友建议：“要去足够远的地方，跟城市不一样的地方，绝对不能是城市。”

母亲自然不愿他们离开北京，把她独自留在豪华的养老院。于兰不得不为母亲买了羊毛毛衣送去，但母亲说“都没用”。母亲又说：“你们好不了了，旅行？你怎么信那些？没用的。没血缘关系，怎么生活？不过是凑合一辈子，就像我一样。”于兰明白过来，母亲并不是对那些花花绿绿的毛衣说“没用”的。母亲认为他们试图挽回婚姻的旅行，不会有用。

母亲说：“你们不是一路人，我早说过，你们过不到一起去。”

“那是我的事，你只要管好你的事，你目前的事，就是让自己活着。”于兰说。

母亲说：“哦，是吗？我怎么以为刚好相反？我的事你也别管了，都走吧都走吧。”

于兰和关鹏现在沿国道往检查站的方向走。“这段路，我们半天内第三次走。半天！走三次！”出了餐馆，于兰终于能提高嗓门，她早就想这么喊了。

路面还有不易察觉的一层薄冰，踩上去，能感觉到它们在碎裂，那种不易察觉的碎裂。冰层让道路潜伏危险，然后把她和外面的世界阻隔开。

两人都走得很慢，因为必须小心翼翼。没有目标，他们只知道，二十公里外就是“平安独山子”，那个检查站。

但那又有什么用。于兰说：“他们管自己叫‘平安独山子’，但他们又不能让我们一路平安，只会让我们上不了路。”

关鹏低着头，用力跺脚，看着自己大头鞋踩下去的地方，出现一小汪一小汪的水。薄冰先裂开，再迅速融化。

“那个女人说的没错，他们故意让所有人给他们打电话，让人觉得有希望的样子。她还想‘平安独山子’帮她找孩子，她知道那不可能，她只是要做点什么，好像做点什么就有希望了。”于兰继续说。

“那个女人？”关鹏还在跺脚，踏出更多的小水坑，“你说刚刚那个女人。什么希望？哦，我明白了，你是说，这是检查站的小把戏？”

“我不知道。他们应该不至于故意弄个没用的热线电话。但那个女人确实说，打电话这件事，让人觉得等下去还有点儿希望，如果没有那个电话，等在这里会让人绝望。”重复那女人的话之后，于兰突然感到惊讶，因为她产生了一种上当后才会有的自责，以及懊丧，“啊？真是这样吗？”

“这没什么不好。”关鹏在几个小水坑之间绕着弯走，“是吧？反正没事做，打打电话，也没什么不好。有什么影响呢？”

“我要问问他们。”于兰此时开始确信他们受骗了。一个无用的电话，制造幻觉，让他们本应有的焦躁像那些薄冰一样，碎裂或融化，继而蒸发殆尽。独库公路沿线，因海拔变化而迅速更迭的景致，她还没有领略过，也永远不会有机会享有——这才是现实。但是，天哪，我竟然还在往那个方向走，我还在等着通车，她想。

这次她没等对方说完那句“您好，这里是‘平安独山子’”，就抢先开口：“是不是今天根本就不会通车？”她确实有些愤怒，或者是焦急——反正表达这两种情绪所需要的语气也没太多不同。

“你好，女士，您是问独库公路的情况吗？我们很抱歉……”

“我能问一个问题吗？”

“当然，女士。”

“你们，为什么叫‘平安独山子’？”

“什么？哦，为什么叫‘平安独山子’？”对方笑了一声，又很快止住笑，但于兰听出来他确实笑了。难道他很得意吗？“因为这里属于独山子区。”

“不是。为什么叫平安、独山子？平安？”她开始怀疑这并不是自己想问的问题。

“嗯，这个，热线电话总得有个名字吧。我也不知道，没人告诉过我为什么叫平安，独山子。”他说得没之前那么流利，也就没那么权威，听上去还有些不严肃，至少也显得他不够自信。之前他那些标准化的回答，虽然无用，但很有威严，具有说服力，让于兰不由得想，说得跟真的一样。

她说：“你们可以就叫什么服务电话，对，可以就叫独山子交通服务电话。”

“请问您还需要什么帮助吗？”他又回到了那种态度，既亲切又冷漠。

“我，我，我需要什么帮助？我需要很多帮助！”她需要有人帮他们离开这里，用最快的交通方式回到北京，赶去养老院，以便看着母亲吃下麦片或者米饭，总之得是碳水化合物，得慢慢吃，饿过头的人不能狼吞虎咽，那会导致胃绞痛。她还需要和关鹏谈谈，虽然这种谈谈曾经一次次开始然后又一次次中断，最终让两人都没心情再提起。

独库公路就在不远的地方，却也是无法抵达的地方，跟她想要的一切一样。她以为自己在努力迈出脚步，去靠近，其实她不过就在原地踏步，甚至连原地踏步都算不上，因为有时候她还不得不折返回去。如果真能折返回去，她希望回到七岁，然后她就可以告诉母亲，有些事情其实应该得到更好的处理，可以告诉父亲不要明明心存芥蒂又绝口不提地给自己闷出心脏病来。那样的话，母亲这辈子的日子都会过得轻松一些。她这辈子也会轻松许多。

“女士，如果您没有问题，我们欢迎您再次致电‘平安独山子’。”电话忙音传来。对方也许认为既然无法提供“所有的帮助”，那就只能挂断电话。总是有一些情绪需要发泄的——也许那人挂了电话之后会这么想。于兰认为他还很可能背地里骂句脏话，认为打电话的女人脑子有毛病。

“嘿，你看，那是什么？”关鹏手臂抬得高高的，晃来晃去，于兰根本看不出他指着哪里。

“他不知道为什么叫‘平安独山子’？他还挂了我电话？他们根本不关心封路意味什么。他们想封就封，还一口气封了三个方向。这哪里是封路，根本是封人……”于兰冲关鹏嚷。

关鹏放下手臂，轻轻叹了一声，才慢慢说：“我看，没错，你真是，疯人。这么美的地方，你就用来给那些人打没用的电话？”

于兰先愣住，反应了一会儿，才弄懂关鹏的意思。于是她说她不想继续走了。

一起走走？她真不相信一起走走会解决任何问题。

“那你回餐馆等我？”关鹏没明白她在生气，当然他也可以选择接收不到她生气的信号，“我还是想走走的，餐馆现在气氛不好。”他说。

餐馆当然气氛不好，但和关鹏在一起，气氛只会更不好。也许他们一开始的努力方向就错了，他们走到了一条封闭的路上，根本没有走出去的可能。

4

小杰还没找到。方脸女人在打电话，指挥着电话那头的胖男人："每一家店铺都去问问哪，镇子就这么大，总有人看见小杰吧？"女人没顾上于兰——她刚刚和丈夫"一起走走"去了，然后她一个人走回来了。

于兰开了一瓶水喝，发现店里顾客更少了。老板娘在收银台后昏昏欲睡。少年站着看电视，小电视机挂在墙角，里面是功夫大师在水面施展"凌波微步"。少年踮起脚，也摇摇晃晃地学那步伐。

于兰上了二楼，她想去卫生间。但她不知道楼上房间结构如此复杂。狭长的走廊，似乎延伸进入左右两侧建筑内部。这些沿国道修建的小楼，一楼是独立的店面，难道二楼连通在一起？在隐蔽的内部，小镇其实是密不透风的整体。他们这些过路人，带着期待而来，无意停留，却被迫探究，也探究不出个所以然。

一个个包间，都开着门。没有顾客在包间里，油腻的地面，满是湿漉漉的脚印。她顺着那些乱七八糟的脚印走，以为地上的水迹应当把她引向卫生间。

但经过五个包间后，她仍没看见卫生间。她想下楼去问，又觉得还可以再往前走走的。走廊另一侧，满满都是玻璃窗。窗外是正在落叶的树，树干有时候像要蹿进房子里，但被房子惊险地躲了过去。恐惧吗？她想，有一点。那些包间敞开的门里，似乎都有无限可能，而且都是很坏的可能。这样一天，无法令人相信会有幸运的事发生。

“你又在找什么？”一个声音问。

声音从她右边传来，右边不是包间，而是另一条走廊。走廊尽头是大大的镜子，镜中她的身影，小得只剩下一个模糊的点，她没看见任何人。“是谁？”谁在说话？

“是我。”男人从走廊中间某个地方突然蹿出来，“这么快就不认识了？”

是超市那个穿着“塔罗牌”毛衣的男人，正用纸巾来回擦手，告诉她：“卫生间在里面。”

“啊？是吗？好的，谢谢。”她匆匆走过去。又一次狭路相逢。然后她意识到，自己想去卫生间的愿望并不强烈，可能她上二楼来，只是想避开餐馆那些人，镇静的老板娘、焦虑的母亲，还有看武侠剧的少年。但她已经不能回头了，她发现他们已经面对面站在一起了。

男人没有退让的打算。这狭窄的走廊，比刚刚的超市货架宽不了多少。小镇在自己隐秘的内部设计迷宫，还让陌生人以为遇见是因为诡异的缘分。

“那是你丈夫？”男人离于兰更近，她几乎看清他头发上的一点烟灰。她认为他这样问不是太礼貌，但她并不生气。她似乎是笑了，算是默认，但她怀疑这笑里还有很多内容，比如胆怯。要不男人也不会一直挡住她的路，他明明知道她是去卫生间的。

她看见镜子上方，用黄色胶带贴出的字：先手日。

洗手间——他们不需要补上那些脱落的偏旁部首吗？

“先手日”的发现让她笑了。“像不像日语？”她说，指给“塔罗牌”男人看。

“你被封路搞得很烦躁嘛！”男人说，好像没有意识到她明明在笑。她闻到他嘴里的酒气。他喝酒了，是的，他在旁边超市买酒，又去了另一家餐馆，然后上楼找卫生间。男人又解释：“我刚看见你们两个在外面走，然后你自己回来了。”

“什么？我没有。”她想从男人的胳膊下挤过去，又觉得那需要去碰他的身体，是否太轻佻？她更喜欢他们这时的距离。“我只是来找洗手间。”

他打了个呵欠，说：“别因为封路不高兴了。我告诉你，今天不会通路了，最早也要明天，明天晚上。”

“是吗？你那么确定？”

“我来新疆三个月了，刚好比你多知道一点，我之前在西藏，还有青海，再之前是内蒙古。我是从黑龙江去内蒙古的，走了一年。”

驴友吗？她认定他是那种驴友，一直在路上，从未想过停下来。他们能吃苦也能享乐，最藐视的就是于兰这种人，困在生活里，偶尔浮上水面换口气都得小心翼翼。他们不需要换气。

“哦，你别这么看着我。你呢？你下一站要去哪儿……”男人似乎站不稳了，也可能他有意在她面前晃了晃。她刚好看见他身上毛衣某个菱形格内的图案，像太阳，又像星巴克的商标。某种图腾，她猜。

男人终于站稳了。他并不让她讨厌。连那些轻微的酒气，她也不讨厌。她从来就没有喝过酒。

“我们差不多，我可不是来走马观花的。”她撒谎了，她还把仅仅三天的旅程延长到了半个月——也许该说成一个月。“我喜欢在路上，每年都在外面很长时间，只是不喜欢赶上长假，那样到处都是人。”她说。

“哦，那很不错。”男人说，这算是一种赞美，或者也是纵容。

他靠墙站着，很放松，仿佛他成天都这么靠墙站着，跟遇见的随便什么人，聊些可有可无的话。

“你去过罗布泊吗？那真酷。我刚去过。”男人问。

还能更糟糕吗？再也不会了。她说没去过罗布泊。她根本不知道那是什么地方。但她极力想证明，她也去过一些更有趣的地方，仓促间她想到了敦煌。她也没去过敦煌，她其实没去过任何地方。好在她对敦煌很了解，她看过一部长达五百分钟的敦煌纪录片。

她说：“你一定要去敦煌的，我觉得它把我的人生都改变了。我最喜欢第206号洞窟，但不是每次去都能碰上那个洞窟开放参观……”

男人表现出很有兴趣的样子，她猜是的，毕竟敦煌比男人提到的那些地方，有更多东西是她可以谈论的。

男人说：“我被你说服了，听上去很有意思。我想以后一定要去一次。如果有个你这样的向导，就好了。”

她支持他的决定，去一次敦煌。但她不能做向导，因为她“很忙，忙着在全球各地开展活动”，她说得有些无奈。她宣称自己是一家公益组织的负责人。“哦，你知道，我们主要做环保，还有人文方面的活动。”这都不是真的。

他饶有兴致听下去，又问起刚刚和她一起的那个男人，是不是她丈夫，还是她在公益组织的合伙人？

她几乎想都没想就说：“哦，你看见他了？不是，他不是我丈夫，我还没结婚。他也不是我的合伙人。我们只是结伴，路上认识的，前天刚刚认识。”她希望这都是真的。

她假装漫不经心，揣摩着他会不会将她看作那种女人，晃荡在外，艳遇不断，也没有丈夫和母亲，只有她们自己。她为什么不能是那样的女人呢？

“哦，原来这样啊，他看上去，可不像。”男人说。她觉得自己也被他识破了，他可能从一开始就识破她了。但他仍陪她演下去。她演得很拙劣，她意识到了——关鹏才更擅长这种表演。

“是的，我也觉得，他不是我们这种人。”她有意把话说得很慢。电影里女人总是慢吞吞说出最具诱惑力的关键台词。这处狭窄的走廊，像是幕布拉开前的舞场，她有表演的冲动，她确实有过当演员的梦想。

“是的。不过谁知道呢，这就是好玩的地方，你永远不知道你会在哪里遇见什么。”他说，看上去有些醉了，但也似乎因为是酒话，反而听上去很真诚。这难免让她有了更多勇气，可以更大胆地继续编造另一个于兰。

有一瞬间，她觉得自己都快站不住了，因为他太高，跟他说话的时候，她不得不一直仰头，幸好她还能背靠墙壁，两手在后腰处撑着自己的身体。

他也背靠墙壁，说他们都是不安分的人，但“这没什么不好”。

她开始怀疑他一点都没醉。那些酒精分子对他不起作用。他在详细说着他去过的地方和将要去的地方的时候，她一直在听远远的汽车喇叭声、老板娘呵斥的声音，似乎还有狗叫，收音机那些断断续续的声音，这时她都听见了。她可能并不专注，那些没听过的事情，令她无法专注。她也怕自己一专注，就会意识到她有多害怕。一个醉鬼？她跟一个醉鬼聊天，说着一派胡言。可是，她确实喜欢这样。

她还想起，也许他在路上总是这样，遇见一些不安分的女人，和她们聊天。妖娆多姿的，另类独立的，冷淡的，热情的，她想做哪一种呢？现在，她可以随心所欲选一种，就像在餐馆选择拌面的口味那样，随心所欲。

“我一会儿就出发，往伊犁方向，再往前，去赛里木湖，然后往北，就是喀纳斯……也可能不这么走，但往哪个方向都可以，看心情。”

他只是在跟自己商量，并不是向她说明什么，他也无须解释什么。因为他一切都看心情。

赛里木湖抑或喀纳斯，她害怕听见这些地名。独库公路是一个关键词，现在，关键词又多了两个。

“跟我一起走吗？我会是个更好的同伴。”他问，“而且，我觉得你也是个很好的同伴，我们刚好互补。”

她怀疑那些酒精可能已经通过空气，被自己吸入，现在已经进入她的体内。就这么一刻，她想醉一次。

她看见大窗户外那些疯狂想要蹿进室内的树枝，根根分明，不多的几片树叶，竭力想在风中保持住，眼睁睁地，有一片最宽大的树叶，快速盘旋着落下，砸在玻璃上，往下坠去了。

她耸耸肩，这动作是关鹏常做的，然后她说：“哦，那很好，但是，但是我还不行，我还要去……”

她拼命想自己还要去哪里，这短暂的停顿几乎令她脸红，她希望他没有留意到。“我们在夏威夷有场募捐，关于拯救海洋生态的，很多华人，有钱的华人联系我们，希望有这么一场行动。”她昨晚看过一则新闻，夏威夷华人的示威，针对什么，她想不起来了。她认为提到海洋生态和美国华人，不是太明智，但病急乱投医，好在她说得并不慌乱。

“哦，那太遗憾了。”男人说。

她把掉下来的几缕头发往耳朵后别去，这动作让她感到自己的徒劳——做什么其实都无用——它们稍不注意，还是会掉下来。

“是的，相当遗憾。”她说。

“那么，后会有期吧。”男人说，“跟你聊天很愉快。”

“我也是，后会有期。”

她进了洗手间，几乎是落荒而逃，而且仓促中竟然走对了方向，是女洗手间。

她确定关好小隔间的门后，才长出一口气，精疲力竭地蹲下来，似乎再站不起来。这时，她听见他离开的脚步声了，说不清自己是放心还是失望。那脚步声里没有情绪，仿佛他只是刚刚从洗手间出来，悠闲地离开。

5

于兰匆匆离开餐馆，准备去国道上找关鹏，在试图打电话联系他之前，她已经看见关鹏的背影。不过，他已经走得很远了。关鹏在结冰路面上甩开了步子，倒也走得踏实。他踩过的薄冰上，留下一个个的小水汪，每个都发着光，像水泥路面上出现的一个个窟窿。她想追上他，但她得避开那些明亮的水坑，她觉得那似乎都是一些无底洞，她只要踩上其中任何一个，就会掉进去，掉到地心那么深的地方——她刚刚才避开那个巨大的洞。

“你刚让我看什么呀？”她朝关鹏的背影喊。关鹏没回头。

“你回来！”她喊，“等等我。”

关鹏似乎听见了，他停了下来。他转身的时候趔趄着，眼看要滑倒。

“你！小心！”于兰不由得尖叫，“嘿——小心哪。”她想快步赶过去，又明白再怎么快自己也根本来不及去扶他，就看见关鹏两手胡乱挥了几下，像小丑在钢丝上尽力保持平衡。某个时刻他上身似乎要向后倒过去，都已经倾斜成了一个不可思议的角度。但他也不可思议地站直了。最后，他两腿分得很开，站在那里，一动不动，好像稍微动一下就会再次失去平衡。过了几秒钟，似乎他总算确认自己已经站稳后，才把手臂笔直抬高，指着一个方向，大声说："你看那是太阳，还是月亮？"

于兰慢慢朝关鹏走近，她觉得这段看上去并不远的路实际上却遥远得不行。她说："你别动，我过来找你。"

越往前走，冰雪混合物铺得越厚，路面越滑。两只小狗追逐着从于兰身边跑过，她受到一点小惊吓，但也努力沉住了气。

关鹏喊着："慢点，你慢点，嘿，叫你慢点哪，你听没听见哪？"

于兰感觉关鹏的声音离自己越来越近了。他怎么在她毫无察觉的时候走出去那么远呢？

她不敢抬头，她必须盯着脚下，才能让每一步都迈得稳当。她闷着头喊："你跑那么远干吗？"

"我去看那个东西，就是那个，不知道是太阳还是月亮的东西，好奇妙的东西。"

关鹏去看太阳月亮了。于兰不在乎太阳月亮，她只想快一点走过去，跟他站在一起——他们本就该站在一起的。他们本就应该牵手走的。这样的路上，如果没人在身边扶着你，真是很难前进的。

于兰站在关鹏身边的时候，才抬起头。这次，她看见了，很远的天边，两座山峰凹陷处，有个昏黄的小小的发光体，荷包蛋一般环绕一圈白色花边。她看得不够清楚，但她知道那是个不应该出现的东西，看上去既不像太阳，也不可能是月亮。这地方为什么总会出现扰乱人心的东西？

“都不是，那什么也不是。”她又说了一次，“那什么也不是。”

关鹏说：“我怎么觉得是月亮呢？太阳没这么小。”

怎么可能？不可能是月亮，大白天不会有月亮。这又不是那两根交叉的钢扦子，可以既是一个叉，又是十字架。

于兰就一直看着那个小小的发光点，使劲儿想看出点儿什么。她太用力了，直盯得眼睛涨痛，几乎滴出泪来。

她弄不明白这些莫名的景象如何出现，又是如何让他们分开的，所有事都这样，那些惊心动魄的时刻突如其来，只让人心有余悸。她也没力气去弄明白。关鹏的月亮，跟她通话的“平安独山子”，还有“塔罗牌”男人毛衣上的太阳图案……都在很遥远的地方。

关鹏和于兰都不知道他们是如何把手握在一起的，在某个时刻，于兰想，这多不容易呀。

“还挺亲热的嘛！”这时，于兰和关鹏听见有声音从头顶上方传来。那个失踪的男孩，小杰，正晃悠着两条腿，坐在屋顶上。一层小平房，他怎么上去的？小杰冲他们又吹了两声口哨，让他们继续。

“你在上面做什么？”关鹏问。

“看风景，看男男女女，吵来吵去，抱来抱去，还看大狗追小狗，好看的东西多着呢！”小杰嚼着口香糖，含混地说话。

“你妈妈快急死了。”于兰说，说完意识到，这话更适合自己。

“我猜的就是，让她急去吧。小爷我要清静会儿。”小杰毫不在意，甚至又往屋顶内撤了撤，一层平房的水泥屋顶，现在，他只留了两只脚在他们视线里。

“你快下来吧！”于兰发现自己的语气太可怜，像祈求——明明她刚刚还曾希望小杰被外星人拐走。

“放心，我一会儿就下来。”小杰从房顶上探出了脑袋，“我刚刚看见他在下面跑来跑去，是找我来的，但我没吱声。”

关鹏仰着脑袋说：“行啊，那我们马上就回去告诉你爸妈，你上房啦。”

小杰着急地把食指立在嘴上。“该死，真不义气，我都说过我马上就下来了。”然后他想了想，说，“他不是我爸，他是后爹。”他愁眉苦脸道：“可怜可怜我这个没爹的孩子吧。”

于兰和关鹏互相看了看，似乎都想在对方眼神中找到什么东西。他们要去告诉小杰的妈妈吗？她牵肠挂肚的儿子已经有了下落。还有小杰那个在这种天气里都跑出了一身大汗的后爹，他们要不要告诉他？

关鹏先做了决定，他对小杰宣称：“你也适可而止吧，我们不说。”

小杰就在房顶上蹦。于兰一会儿看见他的头，一会儿看见一只手臂，这真让她惊心动魄。

一会儿，小杰大概蹦累了，又趴在房顶上跟他们说话，确切说，他是在跟于兰说话：“我可都看见了。”

她问小杰："看见什么了？"

小杰坏笑着，什么也没说，但于兰觉得他又把什么都说了。小杰最后说："看见我该看见的了呗。"

"我们走吧。"于兰拉着关鹏回去。

小杰看他们要走，才又冲他们喊："谁没过一次想逃的时候哇……"

"他说什么？"关鹏问。

"我怎么知道他说什么？"于兰答。

后来于兰又给"平安独山子"打了两次电话。电话那头的男人立刻就听出了她的声音。"女士，您是想问有没有通车是吗？我负责任地告诉您，没有。"他说得太快了，都没给她留下插话的机会。

于兰已经平静多了，她想向电话那头的男人道歉，但好像又不明白因为什么道歉。"是的，"她的声音听上去很软弱，"我就是想知道，我应该怎么办。"

"女士，我们没有接到任何通知，所以您需要再等等。"

"我是来新疆旅游的，现在有急事，要回去。"

"很抱歉，大家都很着急，但没办法，您可以选择别的路。"

“你们就知道选择别的路。你们以为所有时候都能轻轻松松走别的路吗？根本没有一条路是容易的。”

“对不起女士，我理解你的心情。”

“我的心情？你不理解。我得自己选条路，你从头到尾就说了这一件事。”

“是的，女士，你得自己选条路。我们只能提供建议。独库公路景色很美，但很危险。如果您往西走，很安全，就是会远一些。”

“是这样。我早知道，就是这样。”她当然知道，所有事都是自己选的，谁也怨不了。

“如果您没有别的问题，我需要挂断了，因为我们需要把线路留出来，不然其他电话会打不进来，请您谅解。”

“哦，我只是，我还想告诉你，你的工作，很重要。”

于兰想象着那个位于山垭的检查站，巨型大门一样的建筑一角，有座小小的白砖房，裹着冬衣的男人抽着烟，独自守着一部电话，他可以指挥无数人的方向。也许那个上帝就是这么工作的，如果人们能跟上帝通话的话，大概也只不过得到一些早就心知肚明的答案。

“谢谢。我们欢迎您再次致电‘平安独山子’。”

于兰告诉关鹏说她决定不等了，这是个关卡，他们过不去，他们得折返。她已经不认为折返是多么令人沮丧的选择了。

关鹏说早该这样。因为天气太冷，他们那时已经坐进车内，开着暖风。

下午三点的国道上，几乎没有车辆，眼前笔直的路面似乎越来越开阔，行道树在两旁迅速后退。想到还有漫长的路要走，关鹏就把车开得有些慢，这样他们都会轻松些。两人都没有讲话，像两个沉默的豌豆，挤在同一个豆荚里。在他们共度的时日里，难得有这样心照不宣的时候。于兰知道她什么也不用说，道路的阻隔又能怎么样，如果出门在外，这应该是常有的事。

不过天色将晚的时候，关鹏突然振奋起来，他说：“真的月亮，那是真的月亮。”于兰也看见了，那个浑圆的满月，比之前那个浑浊的发光体，大了许多，也近了许多，它就这么突然出现在正前方的视野里。汽车前挡风玻璃真像一个画框，框出一幅有弧度的画。

但这些画面，都是高潮之后的风景——华丽，也索然无味。

于兰于是又打了一个电话。

“您好，这里是‘平安独山子’。”接电话的已经不是先前那个人了，声音明显不同。于兰感到意外，但很快又没那么意外了。她隐隐有种报复的快意，尽管她并不清楚自己要报复什么。她只知道这个电话并不能给她任何答案。

她说：“你好，我不是来问有没有通车的，因为我已经走了另一条路。”

对方回答：“好的，祝您一路平安！”

安放之年

1

离开三年之后，她回到北京。这一次不再离开了，她想。

现在人们都坐高铁，列车快得像表皮光滑的蛇在玻璃上前行，令人来不及反应。到站停车，片刻，又启动，之后再重复，停车、启动，然后她的火车就从北京南部进入这座城市，而她对北京南城缺少了解。她想起之前那些年，还在北京读本科和硕士研究生时，那些北京本地同学对南城都有看不上的轻视："哦，南城是另一个北京，你不能把南城当作真正的北京。”绝大多数的大学都在北京城西北方向，是上风上水的好地方。而零星几所没建在西北方向的大学，在他们看来仿佛都是不存在的。

如今她要去工作的那所大学，幸好也在城区西北方，唯一的不足是比别的学校都更远些，几乎已是郊区，那地方叫昌平。这一度令她想要放弃在那所大学的工作了，只是她确实也没有更好的选择。二十七岁的女博士，未婚未育，专业是“旁门左道”——她总是这样向不理解自己专业的人打趣。如此她可以省去很多不必要的口舌。她越来越不喜欢说话，这也让她以为自己可能无法成为一名老师——得站在讲台上说话，一刻都不能停，想想吧，真是要命。

抵达北京的过程比她想象中的还要快。她看窗外迅速闪过的楼房、立交桥和马路，路边的街灯都细得像铅笔轻轻勾出的直线，近处的景象更恍惚，所有的东西连绵着模糊成一片。这让她感到眩晕，她不知道有没有“晕火车”的说法。她摘下轻度近视镜，其实她不需要眼镜也能生活，但“戴上眼镜更像大学老师”，这是临行前妈妈说的。爸爸妈妈对她的人生向来满意——除去近年来他们开始关注到的她仍未婚未育这一部分。她想按照他们的逻辑，那些已婚已育的女人，大概是最幸福的了。这些年她和父母仿佛一直忙于相见，以及告别。

“大学老师，受人尊敬，还有寒暑假。”她听见爸爸毫不掩饰内心喜悦地向别人炫耀。她不确定那些人的名字和身份，只是又觉得很面熟，可能小时候他们都称赞过她，“听话的好孩子，爸妈的骄傲”。这么多年过去，人们都发生了不少变化，她也是。所以她不再记得家乡那些人的面孔，印象中只存在一种照片底片般的模糊轮廓。她想这就是人生。

2

她想打几个电话，虽然她并不知道应该打给谁。她只是告诉别人，她现在换了个城市生活，从香港到北京了。

她的博士学位是在香港拿的，这不容易，不过她如期搞定了。接下来是找工作。面试在学校会议室的显示器前进行——视频面试。显示器里的男人只露出一张大脸，上面全是老年斑。她坐在屏幕前的时候，只要稍抬右眼皮就能看见那个小小的摄像头。她不知道对方能不能看见她的鞋子，因为她穿了一双和衣服不相配的鞋子——中跟、大头、鱼嘴，诡异的橘红色显得脚背很黑，露出不好看的大脚趾。面试开始前几分钟，除了鞋子，她什么也想不起来。她没有另一双鞋来搭配身上借来的不合身的正装，而且摄像头和屏幕让她有种和网友视频聊天的错觉，问题是，那个“老年斑”并不是一个完美的聊天对象。她努力将上身挺直，两脚都尽可能往椅子底下缩进去。这样的坐姿并不舒适，而且，显得低卑。在她的小学时代，孩子们都被要求以这般姿势在课堂上坚持四十五分钟，脊背不能倚在后排桌子上，至少要隔一臂的距离。那时她从没为坐姿问题而困扰，她可以四十五分钟纹丝不动。现在却不行，屁股像多出来的两块肉无处安放，因此她总处于即将向左或右歪倒下去的状态。她摇摇晃晃地回答问题，阐述博士论文那个尖刻的观点时，她以为那个男人快睡着了。好在对方很快打断她，问她：“为什么要回内地工作？”

其实背诵博士论文的提纲反而更容易，她意识到。而回答这种问题，她确实不擅长。“因为内地机会更多。”

“你在香港找到工作了吗？”对方问，他以为她回内地工作是被迫的，因为在香港找一份教职是更难的事，他们首先会要国外留学生，然后是香港本地人，最后才是内地来的学生。

“我，有一份申请，但是还没有最后决定。”她撒谎了，这是一个师姐教的，师姐告诉她：“你得让人家感觉，你不是没人要。只要说还没有最后决定，就可以了，要让人以为你有很多种选择，决定权在你。”

“这么看来，你更希望到北京工作？”对方可能看出她在撒谎了，虽然屏幕上的视频信号并不那么流畅，偶尔会卡住，那男人的样子会在某个丑陋的瞬间停留一阵子。她希望卡住的时候，会是自己表情比较正常的时候。但这种意外，又不是她能控制的。她因此只好让自己始终保持在自以为平静、不卑不亢又谦逊有礼的表情里，但她刻意为之的这种完美状态，反而让自己看起来呆板又无趣。她能通过屏幕右下方那个小窗口隐约看见自己的样子——幸好那窗口很小，面试的时候她也没有戴眼镜。总之她对自己的表现不是太有把握。

“对我的研究方向而言，北京确实更需要我。”她说，她希望他对她的回答满意。

“那么，我们再谈谈下一个问题吧！”他低头，露出肿胀的眼睑，像两个汤圆。他可能在翻看手中的纸张，她不知道那些纸页上究竟罗列了多少问题需要她给出答案，她甚至察觉出他翻页的动作越来越快。他还瘪嘴了，似乎对眼下的事情很不耐烦。这是二月初，香港的天气竟能让细微的汗浸湿内衣。北京应正处于冬天最后的时刻，后海的水面会有难以发觉的零星残冰。她看不见那男人穿着什么衣服。

突然，他告诉她："那就先这样，我们有消息，会通知你。谢谢你。"他伸出手，似乎想要和她握手，但又意识到这是不必要的，于是抬手在镜头前挥了挥，是表示再见的手势。屏幕上那只大手，手心还粘着一些黑色的东西，她看不清是什么。就这样，视频信号中断了。

3

每一年的暑假她都是回家乡度过的。没有旅行，没有实习，也没有暑假里特别容易发生的爱情。家乡在洞庭湖边，有时暑季的洪水会淹没整个县城。当年关羽在这里战斗过，留下一些传说。人们按传说的内容开始建设，让县城里多出几座庙宇和碑亭。她家不远处，就有一座新建的关帝庙。关帝的长脸被不合比例地拉得更长，且红得像夏天熟透的西瓜瓤。

她回家乡县城时是六月。从深圳出发的火车上挤满人，多数都比她年轻，车厢里每个人的耳机线都是彩色的。她觉得这世界上突然多出来无数年轻人，他们冒出来的速度快得就像高铁。

她已经买了一双新鞋。在铜锣湾，为这双黑色羊皮低跟鞋，她几乎走断了腿，之后还被路人的拉杆箱蹭破了小腿的皮肤。她觉得自己简直是个战士，买鞋就是在香港最后的战斗。博士期间的奖学金和工资并不少，对她父母来说，这笔钱甚至算得上高收入。她只是不常有在香港购物的经历。有一次，她看着橱窗里一条连衣裙，其实她并不喜欢，但不知为什么，那次，她确实看了很久。她猜自己甚至表现出了渴望的样子。然后，她听见两个西方女人，都身材高挑、金发红唇，站在她身边用英文惊呼："啊，多丑的裙子。"她们说完，便迅速离去，她又站了好久，苦苦思索她们是否对她的趣味表示出了蔑视。她一生所受的全部教育那一刻都不能告诉她：如何评判一条裙子的美丑。那次之后她就不去购物了，后来去过几次旺角的二楼书店，都是因为大卫要去。

大卫本来不叫大卫，叫辛大伟。来香港读书后，他只允许别人叫他的英文名，大卫。他的爱好是坐地铁去旺角淘书，他喜欢那些昏暗的二楼书店的情调。政治类的书和竖排版的文学书是他的最爱，因为是“在市面上很少出现的东西”。他这样说的时候，她觉得他脸上全是小人得志的谄媚——她没说。她说的每句话都是对他的附和，所以她对他其实也是谄媚的。他谄媚香港，她谄媚他，然后他甩了她。

家乡县城还好，没有变化到令她惊讶，也许是因为她每年都回来一两次，便感觉不到变化。每到假期，她不知道除了回家，还能去什么地方。爸妈通常都在火车站台上接她。他们在这里生活一辈子，在火车站自然有很多熟人，这样他们不需要买站台票就能进站接人。他们很容易为这样的事情骄傲。她下车的时候，看见站台上的年轻女孩都穿着满身的绳子，可能是县城那段时期的古怪时尚。衬衣胸前从上到下满满一排绳子，脚上的凉鞋鞋带缠绕到小腿中部，也是一道一道的绳子。她昂贵的黑色羊皮鞋在其中，就像过时的老处女一般，鞋跟敲着站台的水泥地面，也像沉闷的呻吟。

“欢迎我们的博士回家！”爸爸朝她夸张地伸开双

臂。她疑心爸爸可能中午刚喝过一顿大酒，所以动作语言都显得夸张。可是她拥抱他的时候，没有闻到酒气，他闻起来没有任何味道。

妈妈把她从头摸到脚，仿佛她只有五岁。

她知道，只需要两三天，他们对她的热情就会变成另外的表现形式，仿佛她的人生出了无数问题需要他们对她做出诊断、开出药方。“你为什么总是回家？你可以去旅行，年轻人都喜欢旅行。”爸爸看电视的时候会突然这么说。他又恢复了吸烟的习惯，另外每天最重要的事情是清早去县城公园参加老年合唱队的活动，重复唱革命歌曲。“我们，共产党人，好比种子……”

“你的朋友太少了，读了九年书，四年本科，两年硕士，三年博士，那么多同学，就没有一个好男生吗？”这是妈妈说的，一般是她偶尔晚饭后陪妈妈去散步的时候。她们的目的地通常都是那座新建的关帝庙。满街都是妈妈的熟人，妈妈需要不断停下脚步，跟路人解释女儿的处境：“博士已经在香港念完了，马上去北京，当大学老师。”

“啊，北京好，北京好。香港，那毕竟离我们太远了。”人们总会挑出妈妈爱听的话反复说。今天说过，明天再说一次，妈妈对他们也一样。人们看向她，似乎想看出一些香港的痕迹，或倍受伤害的过往。她摇头，表示新闻里那些东西，跟她相距遥远。那些人会失望地收起笑容，因为没能如愿听闻更惊悚或复杂的内幕。县城所有人都喜欢内幕。

她都不做评论。有时，她也保持住自己最温婉的笑容，认真听他们谈论一种可悲的命运：博士，奇怪的专业，没有男朋友，可能还是老处女。

“女孩子，这个年龄，怕是要求太高。”有人会说得比较直率。但她也保持住了礼貌，没有把手机当砖头砸过去。反正她不会一辈子在县城街道陪母亲散步，她想。

她会在这样的时候希望那些人不要记得大卫——那时还叫辛大伟。硕士期间第一个暑假，她带他回来过，两人手拉手在县城散步。对她来说，更像一种炫耀，就像炫耀她当时的年轻和身上绝不向县城的古怪时尚妥协的裙子——她自认为那不属于县城的庸俗。那一年暑假，他们还去了县城当时新建的游乐场，就在人民公园里面。有一种刺激的游乐项目，像蹦极，却没有蹦极的高度和危险。“你敢不敢？”大卫问她。她说不敢。试试吧，大卫说。他喜欢一切冒险，所以后来他研究生毕业就准备去香港读博士。“那是我小时候就有的梦想。”他解释。

他还劝她跟他一起去香港：“三年的时间，我不想跟你分开。”他祈求她。她心软了，也申请了香港的学校。这不是她的本意，对她的成绩来说，去香港，一点也不困难。只是一想到需要离开熟悉的陆地，去往一座岛屿，她还是不踏实。她后来也很奇怪自己竟然有那样的勇气，毕竟香港是完全不同的另一个世界，从很小的时候她就这么看。

她告诉大卫，一九九七年香港回归的时候，她上中学，在学校大礼堂观看回归仪式的现场直播。国歌响起的时候，礼堂所有站着的学生都跟着唱，她也唱了，但她根本听不见自己的声音，她当时无法理解这种感觉。

他也回忆了他的一九九七年，与她截然相反的景象：他在江南一座大城市参加香港回归的知识竞赛，获得一等奖，奖品是学习机，他看不上的小电器，于是拒绝去领奖。他总是有奇怪的信心去拒绝诱惑，也总是因此得到更大的收获。后来他得到了更好的奖品——一笔足够他念完大学本科的奖学金。他得意扬扬的少年时代让她感到羞愧，富庶的江南也让她的洞庭湖黯然失色。“共饮一江水。”她也奇怪自己为什么会这样说，仿佛他们真的是前世注定的情侣，在一九九七年就私订终身，所以他们也得一块去香港安身立命。

都是他给了她勇气，让她有种无往而不胜的错觉，都是错觉。她后来还去过县城那座游乐场，看见蹦极游戏的项目已经停业了。县城每个年轻人都玩过这游戏后，便集体抛弃了它。总是这样，最初的新鲜，其实都意味着最后的遗忘。

她看见两根金属柱子并立，是永不交会的平行线。中间那条弹簧绳索已经不见了，那绳索曾经拴住她和大卫，两个人在半空上下翻飞。她一度感到眩晕，尤其下落的时候，以为自己会摔在地上，砸成一摊肉酱。最绝望时，弹簧绳索会将他们再度抛起来，所有的重量在那一刻消失不存。她想人其实本就是没有重量的，重量只是重力作用出的幻觉。在他们被抛掷到最高点的瞬间，她瞥见辽阔的水面，她不确定那是洞庭湖的哪条支流。正是丰水期，银灰水面饱胀着，犹如夏季雨前的天空。

现在，她不再去那座被抛弃的游乐场了。妈妈告诉她："那里赚不到钱了，后来只好停业。"她认为妈妈将她的爱情记忆全毁了。

4

列车即将抵达北京站时，她看见茂密绿叶遮掩中的新建楼群。空中房屋层层堆积，是资本与财富的象征。她想那终究只是一团空气，反正她也买不起。那一刻她对自己回到北京的选择产生了质疑，就像小时候兴冲冲地去亲戚家吃饭，却发现桌前并没有属于自己的那张椅子。

她还看见巨大的彩色钢铁装备，怀疑是北京城新建的游乐场。她不知道其中会不会有蹦极游戏，北京有那么多年轻人，足以支撑游乐场长久将冒险游戏运营下去，始终不会过期。

火车到站后，她乘坐地铁继续行程，沿着复杂的路标总算找到地铁站的方向。入口处簇拥着等待安检的乘客，各种式样的箱包在安检传送带上与它们的主人一样，彼此贴近，毫无间隙。她觉得地铁扶梯仿佛要深入地心一般，没有尽头。地铁里也没人注意她，她只是普通的年轻人——也许已经不年轻了。她在站台看地铁路线图，想数出要经过多少站才能到达目的地，因为看走眼而不得不一再从头数起。这样她花了很大工夫才明白，她需要经过二十四站。“这不是一个好数字。”她自言自语——二十四岁时，她做出改变一生的决定，就是离开北京。现在她二十七岁，却又回来了。不是凯旋，而是从头开始，就像你对着地铁线路图数站点，数错了，不得不从头数起。

其间她还被大学本科同学打来的电话打断过一回，这好歹带来一丝意外的喜悦。她希望对方不要听见地铁的广播——那会让对方听出来她始终没有走出的宿命，于是她又费力在密集人群中寻找僻静之地，自然未果。

“我听说你回来了，真好！”同学姓李，但她固执要求所有人都以网名称呼她：鱼儿。鱼儿和她在本科时期要好过一段，因为她们都喜欢看书。但后来她对鱼儿感到害怕，因为鱼儿说：“如果几年后，我还需要坐公交车出门的话，那人生就完蛋了。”她很久之后才明白为什么公交车意味着完蛋的人生。她认为鱼儿总能看出她的迟钝。现在，她在电话里告诉鱼儿：“是的，我回来了，准备去报到。”

“你要当老师了！”鱼儿的兴奋显得过于夸张，毕竟她也不是第一次听说这消息。

是的，我要当老师了，她心想，其实是大学老师。

“我需要跟我的助理确认一下，看看我什么时候有时间和你见面。”鱼儿说。

“哦，助理?”

“你知道的，我现在开着一家互联网公司。”

她不知道。她知道的是，鱼儿的人生看来并没完蛋，互联网的奇迹正让北京热血沸腾。她不期待和鱼儿见面了，因为鱼儿随即说，她现在只上网，根本没时间看书。本科时，她们常同去书店打发整个周末，从不同柜架取出大大小小的书本，坐在书店木地板上读上一整天。她已经从媒体上得知，她们曾去的那些书店多数都已关闭，原因毫无悬念，不过是生意太差，难以维持。

北京海淀的书店比香港旺角的书店更让她怀念，至少简体横排的版式和相对低廉的价格总是让人放心。她不用在心里默默换算汇率，或忖度哪本书可能无法通过海关检查。事实上，她在香港购买的大量书籍最后都留给了大卫。他兴致勃勃搬走那几个纸箱的样子让她心痛，好像身上一部分也被他带走了。后来她听说，大卫将她的书籍在学校的二手市场摆摊出售，而她冷门的专业书籍即使在热闹的二手市集也备受冷落。她认为这就是她宿命的象征——被他带到一个陌生的地方，可怜地展示，却始终无人问津。

大卫需要钱，很需要，所以他才会卖掉她积攒三年的书——其中不少都是他们一起买下来的。她没有指责他，只装作不知道。他有太多地方需要花钱，九龙的商场里都是免税商品，维多利亚港的兰桂坊酒吧也花费不菲。他得穿质地良好、品牌低调的亚麻衬衣，英式尖头皮鞋，配合他天生卷曲的头发，确实有贵族气。他向往精神生活，也追求物质，这让他在灰头土脸的内地学生中显得格外出众不俗，尽管他也只是依靠奖学金和时有时无的学术项目生活的学生。他的家境倒是不差，但他拒绝用家里的钱，古怪的自尊心令他厌弃自己身为江南制造雨伞的乡镇企业老板之子的出身。大卫目前仍在香港，因为延期毕业，他为了博士学位还需要在香港再待个一年半载的。他故意让自己的学位论文无法完成和通过，毕竟他需要待在香港，他希望这是无限期的求学经历——他梦寐以求的结局。大卫甚至在学说蹩脚的粤语，以便更完美地融入那里的生活。

5

二月中旬的春节，她倒是没有回家，因为要准备刚刚结束的面试，以及随即又将开始的几场面试。大部分内地同学似乎都因为各种理由留在香港过春节。学校门前卖咖喱鱼丸的小推车前，逐渐出现越来越多的游客。他们胳臂上挂三五个购物袋，用竹扦费力地去戳塑料碗里的肉丸子。油光锃亮的嘴大声嚷着她熟悉或不熟悉的方言。

大卫本来应该在这段时间完成他的论文，但节日的气氛明显破坏了他在图书馆写作的情绪。他向往去一家不仅可以潜水还能提供按摩服务的海滨度假酒店消磨一些日子。但他和她都知道，这奢侈的梦想只不过是用来想想而已。

“这世界上有没有地狱？”有一天大卫突然问她，她讨厌这种问题，认为毫无意义，但大卫喜欢，他明显想得比她更多。这也是他令她自惭形秽的地方——她虽然成绩优异，却思想空洞，缺少想法，而他却刚好相反。他广泛涉猎，对世界充满好奇，这也令他无法专心完成论文。

“我告诉你，他人就是地狱。”大卫说。她知道他正逐渐变得烦躁，他想要的东西看起来都离他越来越远。

她说：“我觉得不是。”但他好像根本没听见，或者装作没听见。她想要的东西都得到了，其实她也不知道自己想要什么，她觉得这才是地狱——她从来没有过自己的愿望。

大卫提议他们可以去旺角过除夕夜，至少那里会比九龙的校园更有节日气氛。密集的老楼间中英文闪烁的霓虹灯，间或会缺少一两个字母，呈现迥异或令人匪夷所思的含义。年轻人手握奶茶、咖啡、气泡饮料，茫然闲逛，脸上都是诡异的彩色光斑，彼此很难分辨。她不是太想去旺角。那些书店阴暗的二楼在她看来是世界上最沉闷的角落，因为无论大卫兴致勃勃地谈论尼采、海德格尔，还是李光耀、巴菲特、洛克菲勒，她都无法回应。

但是，大卫预订了一家酒店，这消息让她振奋。来香港后，他们共度的夜晚屈指可数，似乎从本科到博士的漫长恋爱耗尽了想要一夜春宵的热情。有一刹那，她怀疑这只是大卫退而求其次的选择，因为去不了五星的海滨度假酒店，他才选择旺角的小旅馆；因为没有更能和他进行精神交流的女朋友，他选择了草草上个床。他还一度厌弃她的装扮，似乎因为不得不和她在学校食堂一起吃饭而满脸委屈。

但大卫确实在这个黄昏显得精神抖擞，卷曲的头发被收拾得恰到好处，衬衣和卡其色裤子搭配完美。在地铁上，他在车窗玻璃上观察自己，露出满意的神情。她认为那种神情几乎像是希望了。他们一直握着手，在出站的时候都没有分开过。

夜色很美，喧闹的街市上每家小食店都人声鼎沸。她认为这不是除夕应有的样子，除夕在她的记忆中，总是街道空无一人，而所有房屋都会把灯光亮到天明。但香港是个迥异的地方，她想。这时，她认为应该告诉大卫她有可能——尽管她并没有把握——会去北京工作。她拿不准应该用好消息还是坏消息的语气说出这件事。或者她真正希望的其实是大卫承诺，毕业后也会追随她回北京的选择，就像她当初追随他到香港读书一样。

大卫正在侧身寻找那些通往二楼书店的隐蔽入口。人群让那些他熟悉的入口仿佛集体消失了。她迟疑着，于是错过了开口的机会，过时，出现两声异响。

沉闷的异响之后，狭窄的街市顿时安静下来。人们都在寻找声音的方向。她握紧大卫的手，片刻的静寂。她其实并不害怕，因为那只手还在。“怎么回事？”每个人都在问每个人。

她看见不远处的路口，聚集着很多人，都是年轻人。的士车闪着应急灯仓促驶过，有行人被撞倒了。的士停下，道路被堵住。人们沿着车辆之间的缝隙胡乱穿梭，有时方向完全相反，不时有争吵发生。

“我们遇见事儿了。”大卫告诉她，他们一直站在原地。她不知道这样的时候应该如何行动。而大卫，她怀疑他其实很希望也能参与其中，至少也争取看个明白。

金属剐蹭地面，产生间断的火星和凌厉的声音，像有人在受伤时惨叫，也可能确实有人受伤。这些都让她害怕。她想起童年时县城的集会，每个大年初一的上午，各单位都敲锣打鼓派出游行的队伍。那些用大红色的皱纹纸装扮起来的花车上，面部恐怖的八仙的雕塑都大张着血红的嘴。但好歹锣鼓敲打出的节奏总是喜庆的。

一些商店在仓促关门，卷帘门纷纷下落、锁闭。街面的光线暗沉下去，远处的火光却越来越大，反而映衬出此时天空的漆黑。

“我们躲远一点吧。”她几乎祈求他。

大卫说：“我们站这个位置，没事。”此时她已经躲到灯箱后面了，那地方只够站一个人。她希望和大卫一起挤进去，但大卫并不愿意。她为自己的胆小而愧疚，但她确实不想在这一年最后一天发生什么意外。随即她意识到，可能新年已经到了。

她看见面目温和的年轻人骑着自行车离开。车后座上还坐着一个年轻女孩，长发挡住耳朵，惊慌中却是平静优美的姿态，没穿袜子的小腿晃来晃去，香港本地女孩都不喜欢穿袜子。骑车的年轻男孩和女孩穿一样的衣服，也许是同一家饭店的制服。当他们的自行车在她的视线中完全消失的时候，她很羡慕他们。

这时，她感到脚心湿了，她怀疑沾上了地上的煤油。

大卫终于决定撤离的时候说：“是时候了，可以了。”

他去拉她的手，想把她从灯箱后面拽出来。但她不知道自己哪只脚被卡在灯箱后面，接着，她另外一只脚被地面的煤油滑出很远。她以一种痛苦的姿势摔在地上，一只脚还在灯箱后面。那只橘红色的鞋子，露出她的大脚趾。她看见地上亮闪闪的油渍、零散的垃圾，食品包装袋、菜叶、纸张，还有黑乎乎像动物尸体的东西。不远处燃烧的垃圾桶，让她意识到火势会顺着煤油烧过来。

“快起来，我们得撤了。”大卫试图用力把她从地上拉起来，没能成功。她听见他的声音都变了，尖利得像回到少年变声期之前。

她清晰感受到两个脚踝的剧痛，意识到自己同时崴了两只脚。这真是一个所有时机都不合适的夜晚。

“我走不了了，脚崴了。”她想试探着走几步，也许情况还没那么严重，但她也随即发现大卫正望向远处，喃喃自语：“我得先走了。”

然后，他真的跑起来。

她还蹲在原地，直到他的身影从那两条即将并拢在一处的荧光绳子中侧身穿过去。

她揉着脚踝，并因此让双手都沾满煤油。她想抓个什么东西，向大卫扔过去。但那个好看的背影，现在，她已经看不见了。

6

三月的香港迎来一种意外的平静。她去中环见一个朋友，那个突然来旅游的女生为自己终于见到港剧中若干真实的场景大呼小叫。在皇后大道，女生唱着她不知出处的粤语歌，两旁奢侈品店的玻璃门，明晃晃都像舞台的追光灯。

立交桥下，用人们在每个周日欢聚。塑料布铺开，上面胡乱堆积着连锁超市里减价的面包和成打的汽水。她对那些皮肤黝黑的妇人深感兴趣。她们在头顶的桥面上轰鸣的汽车响声中悠闲自得，神情如同身处家乡菲律宾的海滩。阳光会从不同角度进入她们的领地，立交桥下的简陋野餐却从未被烈日或风雨败坏。她想这喧闹中的宁静，正是她需要的。

中环的高楼一座一座，全部连在一起。穿行在楼宇间长廊里的白领女人，都瘦得像一具具幽灵。她和那女生也沿长廊漫无目的行走，女生不时战战兢兢问她这样的问题："他们还反感我们吗？如果我去买奶粉，会不会被打，会不会有危险？"新闻里不时会有这样的消息。

她无法回答。刚刚经历过的骚乱的除夕夜的记忆并未完全过去，回忆鲜活在目。大卫的卷发和亚麻衬衣在火光中果断离去，对她而言，那一刻才是危险真正的降临。随后，她看见砖头、石块、硬木板依次被骚动的人群扔向警察，抛掷物落地后，才是终于缓缓而来的宁静。夜空进入新年，烟花在遥远的海面上空炸裂。夜空下这座褶皱丛生的城市里，封锁已经开始。

她脱掉耻辱的橘红色鱼嘴鞋，光脚走向警察。脚踝的疼痛远不及她的内心。煤油黏在脚底，感觉光滑而舒适。她花了很长时间才走完那段路。路面的垃圾和杂物在她看来，都宛如通往新生路程中的装饰品。后来，她高举双手，向警察证明自己的学生身份以及为何在今夜出现在此处。“我和男友来过新年，我们还订了一个房间。”

“你男友呢？”年轻的警察即使身处夜色也显见肤色白皙。哪怕他问话的语气威严恐怖，也足以令她感动到几乎落泪。

“他先走了。”她回答，两只光脚轮流踩上自己另一只脚背。

小警察没有怀疑她的解释，她反而把这看成侮辱。她难道不可能是激动的骚乱参与者吗？哪怕在一个习惯怀疑一切的陌生的香港警察眼里，她也只可能是一个人畜无害、备受欺凌的无辜角色吗？

警察指着一个模糊的方向，示意她迅速离场。反正两只脚踝的疼痛是一样的，她也就不必一瘸一拐地走路。

“现在好了，我光脚的不怕穿鞋的。”她在回九龙的地铁里，学会了自嘲，这样她就可以不去注意自己的狼狈样子正在被众多冷漠的目光扫视。她没有鞋子的脚，看上去很像两只刚出生的小猫或小狗——没有毛发的遮蔽，因被黏稠的液体包裹而闪闪发亮，只是血肉模糊的两块未成形的肉。她听过耶稣基督赤脚走过荆棘丛的故事——在香港的街头巷尾，很多目光呆滞的男男女女会突然向陌生人散布耶稣的福音，她凭借零散听来的语句拼合出了这样的故事。她觉得可能不准确，但适合她现在的心境。他们的神，认为人生来有罪，平生所做不过是寻求宽恕。

她后来这样告诉那个女生：“危险？我们觉得危险，其实我们自己就是危险本身。”话一出口，她便为自己感到惊讶，因为这完全是大卫说话的方式，轻巧却又不容置疑的反驳方式。她曾经无法理解大卫为什么总能忽略掉问题真正的严重程度，转而以戏谑来化解掉挥之不去的不堪。现在，她全明白了，他不过是胆小的逃避者，在勇敢冒险的名义之下。他逃避着无法完成的论文、即将来临的封锁，还有再也实现不了的移居香港的愿望，同时又口口声声宣布自己不过是向往更刺激的冒险游戏。

大卫对自己那晚的逃离行为无话可说，事实上他们自那晚之后整个春节期间都没有见面，也没有联系。她有时会想去他的宿舍找他，然后把他好好讥笑一番："关键时刻，把崴脚的女友扔下，溜之大吉的勇士和冒险家呀。"她很想知道他会如何为自己的行为做出合理的解释。也许大卫明白，这件事根本就没有合理的解释，所以不如逃避下去。

这段时期，她的脚伤在缓慢恢复，走路时仍需承受痛苦。她在脚底贴创可贴，悉心照料那些划破的伤口，耐心得像对待饲养的宠物。她从没这样对自己的双脚倾注温柔与关注，所以双脚在关键时候违背她的意志做出了它们自己的选择——崴掉了，连它们都拒绝跟大卫走。

那个女生被她说出的话震惊到呆滞，片刻之后，才恍然大悟说："天哪，你是不是也反感我？"女生满眼委屈，她从那双眼中依稀看见从前的自己。但现在，她已经不一样了，自从她脚伤痊愈，又买了此生最昂贵的一双皮鞋之后，她自以为完成了脱胎换骨的全部过程。

她微笑着，告诉那个女生："当然不，我们是一样的，我欢迎你。"

女生撒娇一般噘嘴，她知道她其实无法理解自己。女生告诉她："不是我胆小，我只是觉得这种意外的事，遇上了就遇上了，没办法。"

她震惊，疑惑对方是否已经知晓她那晚的经历，她没有告诉任何人她所经历的耻辱。

但女生接着说："你知道的，有时候人生就是被意外改变的，那一年我本来会去央视工作，也许还能当主持人，但是央视的楼被大火烧掉了，他们暂时不招人了，就这样，我就成了我现在的样子。"

她突然对女生满是同情。她知道，这些年那女生一直在一家公司做一份每天都想辞职的工作，然而辞职终究只是想想罢了，她永远也不会辞职。她就这样在辞职的冲动中度过平静的年月，偶尔想起辞职的壮举仍然心潮澎湃，但每到工作日，她还会一本正经地去上班，途中经过早已修复一新的央视大楼，但她都目不斜视，假装那里没有埋葬她的梦想，假装那年的大火根本没有发生过。真正发生的事情只是一件，就是她在逐年发胖，再不可能成为主持人。女生说：“我把日子过成了复印纸，一张一张全都一样，不止我，我发现每个人的日子都是复印纸。”

“是的，我们有什么办法呢？真是一点办法都没有。”她回答。

她们那时所站的那条空中长廊的高度，足够她们看见远处的洋面。这样视野的房产值得上数千万元港币，但对她们而言，此刻所见，不过匆匆路过的一眼景致。那又如何，她们到底享有过这般海景，虽然她认为这景色到底平庸、不值一提。深灰色洋面与洞庭湖相比何其逊色，不过是水天交接处的一根线——很多事想明白本质之后，都不过如此——这样一根线，任何人都可以轻易在纸上画出来。

她在大卫和她之间，也画了这样一条线，了断为期七年的感情。这是四月发生的一件小事。

大卫很久都没有理发，鬈发盖住了耳朵和一半的眼睛，他的目光就这样在头发下躲躲闪闪，显出心惊胆战的不自信。大卫把杯子里的鸳鸯奶茶搅得天翻地覆，宛如杯中正有小型风暴正酝酿和聚集，他一口都没喝杯中的东西。他们在烧鹅店的卡座相对而坐，闹哄哄的，她错觉自己正身处任何一部香港电视剧的场景里。

“真是太幸运了，我们遇到那样的事，却安然无恙。”大卫终于开口说的话，完全出乎她意料，她想问他，什么是幸运，但她又懒得跟他争辩这种虚无的问题。他们的恋爱从一开始就陷入虚弱的理论里——两个博士生，似乎只能如此。

她淡淡一笑，像是自嘲，接着平静地喝了一口自己的奶茶，不动声色地说：“是的。”

“我以为，你不会再理我了。”大卫说，她想这句话似乎比较合理。她说：“对，我找到了北京的工作。”他会明白这意味着什么。其实她并没有接到那份工作的通知，但这时她再次想起那位师姐教她的东西：“你得让人家感觉，你不是没人要。只要说还没有最后决定，就可以了，要让人以为你有很多种选择，决定权在你。”

“哦，那真的不错。”

“你呢？”

大卫抬起头。他不知是不是在笑的表情让她迷惑，曾经她迷恋的正是他这样的表情，她总以为那表情里有无数种情愫被同时表达。他向她表示恭喜，却没有表达留恋。

“我什么？”他问。

“你就这样在香港待下去吗？”

“不然呢？我们这种人，确实没地方去。要我回去接管我爸的工厂吗？笑话。”

“可是……”话说一半，她发现自己并不知道如何反驳他。

“你想说，可是我们在香港也是临时的，对吗？”大卫说。“毕业就失业，我都知道。”然后，他冷冷地盯着她，“当然，不包括你。”

她毛骨悚然间突然理解那次封锁开始前他转身就走的举动，因为眼前的一切不过都是“临时”的。

她再次感到屈辱，趁势提出了断。“既然是临时的，我们只能分手。”她认为这句话的分量应当比自己讲出来的语气更重，但没有。

他只说：“我不知道为什么会这样，你把那件事看得太严重了。”

她也不知道为什么会这样。他们曾经是最令人羡慕的一对，在北京读本科时期，他们各自击败数位情敌才终于携手共进。风平浪静的北京的秋天在此刻突然蹿进她的记忆，宛如幻灯片被陌生人强行切换。她还想起他们在北京的炸酱面店分吃一碗面，为谁吃掉更多的蔬菜斤斤计较、争执不休。甜蜜的炸酱面让她无比厌倦此刻油烟乍起的烧鹅店——他们为什么总是把后厨的东西当成光鲜的招揽顾客用的幌子堂而皇之地袒露在外？袒露，她突然为这个词激动。

“因为我看透了你。”她用一句无比庸俗的话为他们之间画上句号。大卫也许还会为此轻视她的修养，但她无所谓了，在起身离开的时候，她认定这句话并非如字面意义那般庸俗，“看透”——是因为袒露。在香港，大卫袒露出了他脆弱的本性，骚乱中的看客、临危时分的逃兵；而她呢，因为袒露获得新生，宛如走过荆棘的耶稣。她对他真是倍加同情。

她不会去信仰基督，但她此刻确实对那个向世人彻底袒露自我的神充满感激。那些立交桥下举办周日欢宴的用人，也不过是对袒露习以为常，她认定。

7

接到北京高校的入职通知也是四月。她想知道当初面试她的那个男人，是否就是这封装有一沓复杂文书的快件的寄信人。信封上的字迹潦草不堪，应是老眼昏花的男性所为。

她需要着手准备离开香港的事情，好在大部分书籍早早被大卫搬走、卖掉了，仿佛他提前预知了他们的结局。她在两人间的宿舍里昏睡数日，直到室友告诉她学校里关于她的传言正在蔓延。“因为你去了那所学校工作，好多人都拒绝那所学校。”

她想不通其中的因果关系，直到室友暗示她想起大卫的名字。“我猜就是他，他受不了你有一个比他更好的去处，拼命说那所学校有多么糟糕，在郊区，一棵草都没有的地方，而那些人竟然都相信了。他的延期毕业申请已经提交了三次，看上去他得一辈子待在学校了。”室友喋喋不休，以为这是她爱听的东西，“还有，大卫的导师对他已经失望透顶，因为他得过且过，混日子，前几天导师在实验室冲他嚷了一大堆英文，每一句都带脏字。”

她继续倒头睡去，除此之外她发现自己其实已无事可做。宿舍楼对面就是临街的商铺，那些繁体字的店面招牌一度令她倍感沉重，仿佛笔画太多的字与生俱来就有无法承受的重量。三年来她似乎已经习惯把含义相同的汉字写成更复杂的形态，她偶尔也在写字的时候将那些不必要的笔画一笔一笔地加上去，看它们变得陌生，却又感觉刺激。一想到她将不必再为那些复杂的笔画烦扰，她感到轻松。这里终究是岛屿，她，还有大卫，以及岛屿上与她摩肩接踵的大部分路人，其实都无法获得一套半空中的房产，哪怕那仅仅是一团空气。室友和她一样，已经决定毕业之后回广东工作。室友本就来自广东，所以无论喝什么东西都往里慷慨加入两勺白糖。室友整日忙于购物，在手机上用计算软件按出自己需要收取的代购金额。代购的业务支撑着室友的日常用度以及精神生活。她没法像室友一样，坚信微小的回报终将累积成巨大的商业成功，但她也确实眼睁睁看着室友把代购生意越做越红火。宿舍里始终堆积着即将发货的奶粉和名牌包，从地板直接堆上天花板。“读到博士，就为赚几十块代购费吗?”她问过室友。室友回答说：“几十块都赚不来，还读什么博士?”

她决定不再在床上消磨时光，打起精神去完成早该完成的事项，比如为父母和北京的朋友购买礼物，退掉图书馆借书卡和油麻地艺术影院的会员卡——消除她在此地最后的痕迹。这些事情暂时占据她的精力，令她没空去计较大卫在学校散布的那些言论。她依然对他满怀理解及同情，他们不过同样是零落潦倒的读书人。

8

九月的时候她已经身处北京郊区昌平。学校校园并没有给她惊喜，如大卫所言，连一棵草都没有。报到的当天，她签了很多页纸的合同。遵照提醒，她在签完之后才仔细阅读一遍，她没有找到合同约定的期限，提出了疑问。“为什么没有期限？作为工作合同，不应该有时效吗？”她问人事部门接待她的人员。

对方是一位中年女性，不耐烦的三角眼上架着金边眼镜。“没有，姑娘，这样的工作一般都没有期限。”见她仍不理解，中年女人又继续说，“好不容易当了大学老师，终身有靠，你还要什么期限？”对方语重心长，她却为“终身有靠”四个字而胆战心惊，并回忆起她经历过的“报到”——从本科到博士。无论哪个时期，同学之间都会谈起毕业后的打算，为继续深造还是工作犹豫不定。但现在，没人再会问她“将来的打算”了，因为，她“终身有靠”。从前，她总有一个目标，哪怕并不是真心想要的目标，考学，再考学，再考学，像蜕皮的蛇，总有新的皮肤可以令她焕然一新。现在，她只剩下最后一层皮肤了，再不能以蜕皮为生存目标。

她的临时宿舍可以看见西山，荒凉的秋季山坡上暗沉沉都是即将凋零的植物。她知道不需要过多久，北京将给予她三年都未曾体验过的寒冷，她不知道那时自己会不会搬到一个更好的住处。突如其来的空旷，她反而无法适应。在操场沿跑道散步的时候，她竟怀念起县城里那些似是而非的熟人的面孔。她告诉自己一切都将尘埃落定，直到被完美安放，但只要一看到校园里老迈的教师在食堂用一块钱买走两个碱面馒头做晚餐的时候，她便为迅速看穿了未来而陷入绝望。

其实她还没有开始上课，在学院新入职员工的欢迎大会上，她被殷勤招待，然后她得到通知，学校随即将开始新入职教师的拓展训练活动。

拓展训练场地也在昌平，离学校仅有五公里的距离。她和十几位新入职的年轻老师坐上大巴，只在荒凉的公路上行驶了还不到十分钟就被要求下车。路两边田野的空旷令她无法相信几个月前她还身在一个寸土寸金的地方。

她不和那些同事交谈，因为缺少勇气，而他们也没有主动跟她说话。她看见一只孤零零的麻雀站在电线上，焚烧有机物的烟雾在很远的地方垂直上升，世界平静得可怕。她明白原来平静比骚乱更令人绝望，而她还曾天真以为离开那个悸动的城市和悸动的人就能如愿以偿，那时的她对北京几乎日思夜想。现在她明白，她想念的不过是昔日的北京，有大卫的北京。

拓展训练的第一个项目是高空跳跃。没人敢第一个爬上几十米高的跳台，哪怕拓展训练教练——一个长雀斑的北京本地青年——信誓旦旦保证安全绳会确保你们万无一失，你们只是需要克服内心的恐惧。

这些同事多数戴眼镜，集体抬头看跳台的时候，数十块眼镜片在秋天北方的斜阳下反光，就像波光粼粼的维多利亚港的洋面。

跳台有两个，从地面看过去相隔并不远，但谁都清楚只要你真正站在上面，感觉就会发生变化。那时，两个跳台间的距离，你会觉得就连最擅长跳跃的猴子也无法跨越。

教练脱下白色鸭舌帽——他们每个人也都分到了一模一样的帽子。教练露出浓密的黑发，他打算亲身示范。他们的眼镜片齐刷刷目送他身着翠绿色运动衫的身影沿着爬梯往上，再往上。她发现众人表情冷漠得像在观看毫无意外的化学实验结果，她也是在这时意识到她正身处何方——毕竟从小到大，她早该熟悉了这种表情。他们克制着对真正危险的恐惧，却假装热衷并不危险的刺激游戏——比如从高空一跃而下。

教练在跳台上高声讲解动作要领，身后的安全绳像是长长的脐带连在他腰上。地面上无人回应，教练自顾自继续讲解，好像他真的就很享受在高台上演出独角戏。她意外发现教练与旺角那位向她问话的小警察长相近似，她不确定这是否是好的预示。教练讲的内容，她一个字也没听进去。拓展训练基地之外，似乎总有飞机起降的巨大轰鸣声传来。

教练的绿色运动衫在跳台上，这让他像一只被展示的小动物，鹦鹉或者蟾蜍。他前后挥舞胳臂，然后屈膝，腾空一跃，始料未及中，翠绿色的小动物已稳稳落在另一边的跳台上。跳台也许有柔软的垫子，他在上面的样子让人以为轻松且舒适。人群中终于有惊叹声传来，随即一个戴眼镜的男人打算做第一个爬上跳台的人。

“你们男的胆子大，先跳。”有女人的声音说。

她在内心暗自不屑。

戴眼镜的男人也成功了，尽管他的动作更应当被称作跨越。不过他已经是众人的英雄，他回到地面的时候，人们纷纷把他的肩膀当鼓面拍个不停。

“爽啊。”他一面接受众人的祝贺，一面擦着脸上密集的汗珠。

她看着一个又一个人爬上跳台。也不是每一个都能成功，有人会落下来，安全绳在他们落地之前将他们拯救，然后倒挂半空。她清楚那种以为会触地而亡的瞬间被拯救的感觉。

然后，没有跳的人就只剩下她了。

“为什么不跳？一点都没有危险。”有女教师带着满脸红晕，关切地问她。对方刚刚完成了一次成功的跳跃，之后在另一边的高台对天空高声尖叫没人能听懂的语言。她听见身边有人悄声对他人解释：“那个老师教意大利语，但是，学校还没有开意大利语的课，她已经一年没事干，下学期，她得去教思想政治课。”

她反问意大利语专业的女教师：“既然不危险，为什么要跳？难道我们不是要经过危险，才能拓展吗？”

教练用她听不懂的词，讲了一些关于心理暗示与拓展的道理。她认为他们并没有真正令她释疑。她想如果不跳一次，她会丢掉这份工作吗？应该不会。但她会因此在校园里成为胆小的代名词。

她无所谓地把头发扎成马尾，打算往跳台边的悬梯走去，同时她当然想起在县城游乐场和大卫一起蹦极的经历，安全绳把他们系在一起，一下一上地震荡。

她带着赴死的心情爬上了跳台。教练随后跟着也爬上跳台来，把那根手臂粗的安全绳扣在她腰部的皮带上。她感到教练的手环绕着她的腰部，检查特制的皮带是否松动。“这不是开玩笑的事，必须好好检查。”年轻的教练自言自语。她一个字也说不出来，裤管被北方的朔风吹得鼓起来，好像那里面的双腿其实根本不存在。她很想告诉他，她经历过的一切，游乐场的蹦极游戏的高度比此刻的高台还高一些，但现在改变已经发生——就在这些年她兜兜转转之间。

她真的跳了下来——那瞬间在此后的记忆中几乎一

片空白。她只是对那刻瞥见的景致持续感到匪夷所思——当她站在更高处，如教练训导的那般，闭眼、深呼吸再睁开眼睛的片刻，头略微右转，似乎只是她强迫性的小动作。此后她就这样看见远处的平原上，整齐矗立的一大片“巨石阵”。有乌鸦在巨石之间盘旋，黄牛摇头晃脑地在更近的地带漫步。一架飞机在更远处的上空留下一道白线，她没有听见飞机的轰鸣，只有呼啦啦的北方的风，挑逗得乌鸦惊慌起飞。她在对这最后一眼景致的回味中跳下，自由落体带来的血液奔涌像当年涨水的洞庭湖汹涌澎湃。

她没能成功跨越，在即将抵达的瞬间垂直下落。这样的失败早在她意料之中。意料之外的，却是她以为自己将要粉身碎骨之前，被安全绳倒挂半空。她看见倒悬的世界，体味到前所未有的安宁。地面上，人群无惊无喜，有人陆续离开准备去下一个拓展项目的场地，没有拍她的肩膀给予鼓励。

在教练帮助下，安稳站在地面上的时候，她才开始心有余悸。但只要一想起那些多米诺骨牌般的巨石、芝麻大小的黑鸟，她就知道那片刻的安宁有多么重要。

刚刚倒悬在半空的时候，她突然意识到，那是一座墓园，在空旷的郊外、大学城周边，存在一处真正宁静的安放之地。

“我们都完成了第一个项目，也是最难的项目，我们也一定会完成所有项目的，你们有没有信心？”教练斗志昂扬地说道。她惊魂未定地盲目跟从，在每一个游戏般的拓展项目中表现得差强人意。

9

她第一次去福禄公墓是十月，尽管她早就对那个近在咫尺的地方心存好奇，但大学里云谲波诡的派系斗争令她无法向人开口询问墓园这样的事。她已经上过几堂课，学生的水平令她大失所望，这份工作的厌倦感来临得如此之快简直令她惊讶。学校周边少见行人，尽管新建大学城周边的公路，都整齐且美好得像房产商的效果图。她依然住在临时宿舍，小小一单间，一人住，十六平方米，比她在香港期间住过的两人间宿舍还要小，有独立卫生间和公共浴室。所幸有一位老妇人总在一楼的值班室安坐，看老妇人的模样，她会以为她已经这样端坐了一百年。老人偶尔会递给她信件或通知，提醒她应当缴纳卫生费，她礼貌应答，直到她自以为老人已经对她十分熟识的时候，她才向老人提起那个墓园。

“那个是福禄公墓，也没盖多少年。”老人说，“这里是我出生的村庄，后来盖大学，征地，建公路、住宅，还盖了墓园，都是这些年发生的。你为什么问那个公墓，你有亲人在里面吗？”

她没有如实回答：“没有，确实没有，只是经过时好奇，随便问问。”

“哦，这里风水好，墓地也紧俏，好多名人来这里安葬。我告诉你，我在那里已经买好地方了！趁我还买得起，你没听说过吗？买得起房子的人，也不一定买得起墓地。”老人为此得意，喝着满是茶垢的玻璃杯里的浓茶。

老人还说起自家的情况，她的老伴儿在学校食堂打临时工，负责上下三层食堂的地面清洁，老伴儿已经六十二岁，他们买的是两人合葬的墓地，由儿子付了一半钱。

“我想去那里看看。”她第一次坦承这个愿望。

“没事去那地方做什么，不吉利。你们年纪轻轻，好好工作就是了，就是在这里憋着不开心了，也该进城里逛逛才对，找个男朋友才是正经事，趁还年轻赶紧把孩子生了。怎么会想去公墓？你不是从香港回来的吗？难道香港流行去公墓玩吗？”老人说得十分认真。

“不，不是，我想，你说得有道理。”她仓皇应答，赶紧逃回自己的宿舍。几乎同时，她做出决定。

也是这一天，她第一次走在校园外新修的公路上。没有车辆、行人，只有鸟雀在行道树奄奄一息的树叶间垂头丧气地午睡，景象如她预想一般荒凉。校园已经足够大，足够装下青春期的学生们所有的不安与骚动。当年她在北京读书的时候，也曾跟那些孩子一样动。

她知道，她的学生们从不在这寂静的公路上闲逛，他们出校门就上公交车，熬过漫长的路线，再换乘地铁，直接去西单、王府井、后海或者前门，任何一处人头攒动、轰轰烈烈的热闹人世。所以，只有她会走在这里，依靠一个月前在跳台上仓促一瞥得来的印象，勉力辨识着通往墓园道路的方向。十月的北京昌平，有全年最蓝的天色，偶尔现身的云，也纤细得像随时会绷断然后消失的白线。

她不知道自己走了多久，才终于看见福禄公墓的大门。中式仿古的大门，仍有新刷油漆明晃晃的光泽与不算刺鼻的味道。进门后的办公区域，鸦雀无声，仿佛所有生命在进入那道金黄间杂大红的门楼后，都开始那种不再醒来的沉睡。

她往墓园里走，依次辨认小径边一个一个整齐排列的石头上的数字。几排几号的标识清晰准确，仿佛宿舍门牌号一般方便查找。偶然抬头的时候，她还看见了正坠入西山背面的太阳。她想找到宿舍值班室那位老太太和她丈夫即将入住的墓地。但她也随即意识到那是没有交付使用的墓地，自然不会有墓碑，也不会有各式书体镌刻的人名。

此后，每逢无事可做，她就去福禄墓园。从校门往墓园的路她也越来越熟悉，她甚至找到了更方便的捷径，只是没有人分享她这难得的乐趣。安静的秋天午后，她在通往墓园的路上欢欣鼓舞，仿佛那里是她的私家花园。墓园里确实有很多花，多数都是金黄的矢车菊被成束放置在碑前，没几天便凋谢，旁边的墓碑又会出现新鲜的花枝。她很少见到祭拜者，这也让她无法理解。那些花束仿佛是凭空出现的奇迹。后来她听说有专门为墓碑摆放花束的生意，亲属们只需要付够一年的费用，死者的墓碑前便四季有花。如果亲属有疑问，可以随时来抽查，“真正的终身有靠”，她想。墓园的名字是她唯一不满意的所在，福禄，生前为福禄繁忙，死后依然葬身福禄之地。这无论如何都不是合适的命名。

她在福禄公墓那些墓碑陌生的姓名和各种生平介绍之间读书，甚至备课。有时乌鸦会停歇在她身边的墓碑上，相安无事地与她对视，彼此毫无防备之意。这样的时刻，她会感到自己真正被安放。她问过墓地的价格，令她咋舌——远超她目前所能承受的价位。不过她也给自己定下了目标——现在她终于有了目标——如果不能买房安身，不如买块墓地，没有人不需要一块墓地。何况这里比她工作的校园更令她青睐，没有互相揭发的校长间的斗争，没有冷漠又无趣的同事，没有两眼空空又自以为是的学生。她还计划为自己多支付几年在墓碑前摆放矢车菊的费用，只是不知道那些人是否接受这种不确定何时生效的预订。同样，也没有人不喜欢矢车菊。

有一次她在新添的墓碑前流连，新刻石碑上的凹休字都有尖锐的笔锋，新封的水泥墓地新鲜得让她感受到宛如新生儿的气息。她意识到墓地新添的频率远超她意料。眺望公墓剩余的区域，她开始担忧买墓地的愿望无法实现。

这时，她看见了一块新墓碑上的照片——新式墓碑会镶嵌烧制在瓷片上的逝者彩照——她十分确定这就是当初视频面试她的男性，那张脸上密布的老年斑是他绝无仅有的标识。惊讶之后，她才去看墓碑上的文字，再次确定，这一定就是他。

立碑人是他的爱妻，这是否意味着他没有子女？他时年五十八岁，生平简单。这是一座单人墓，他的爱妻没给自己预留位置？她和这个男人没有真的见过面，但她确实因为发现了他的墓地而感到神秘的预示。她因为回答他的提问来到这里，然后，他死了。

她决心把自己的墓地买在这个男人旁边，以便他们终究会产生恒久的联系。她只能尽快行动，避免被他人“先逝为主”。在往公墓的办公区域奔跑的时候，她也曾为自己荒唐的念头发笑，但这并没有影响她的决定。她一生所做的决定毕竟少得可怜，好歹得坚持一次。

接待她的是一位中年男人，四十多岁，也许已经五十，脸上没有皱纹，只阴森森有种死亡气息。她认为对方其实对她还是殷勤的，因为他准备找出公墓的宣传资料给她看。“不用了，我都知道。”她急不可耐，唯一的担忧只是价格，“我可以先付定金吗？”

“当然，可以，定金需要百分之三十，三个月以内付全款就可以。”男人略显震惊，说话声音在办公室寂静的空间里震荡，有微弱的回声。

“那好，我今天就定。”她报出了一串数字，那是她的数字，代表墓地位置的编号。她已经对墓园的排列了然于心，所有的墓碑都像熟识多年的邻居。

男人慢吞吞开始填表，她看见他干净的手指写下优美的字迹。他抬头问她是为谁买墓地的时候，她毅然说我自己。

男人的手停住了，然后开始笑，说：“姑娘，开玩笑呢?”

她意识到这样的事情不好解释，于是也顺从地说：“是的，玩笑，我为家里老人买。”又怕他还不相信，说：“是我爷爷，今年七十八岁。”她不敢说出父母的名字，而她的爷爷，早已过世，安葬在洞庭湖边的大树下，比北京的公墓更美丽的一块坡地上。她祈祷爷爷不会因此怪罪自己。

“哦，好，真是好姑娘。”男人的声音总是缥缈得像身处世界之外。她此时才开始疑惑整个公墓的工作人员为什么只有他一个。后来她再次到公墓来的时候，又陆续见过一些身穿制服的工作人员，疑惑才得到解决。

她刷了卡，里面的余额几乎刚刚够定金的费用，但她毫不惋惜，因为她“终身有靠”的工作会在半个月之后把一笔工资转到她的银行卡上。

回学校的路上，她依稀想起旺角除夕夜的经历，骚乱中的喊声遥远得像在另一个世纪鸣响。她在此后的新闻报道里，得知那晚旺角受伤者众多，无人死亡，但受伤者的照片依然令她感到生命无常。

她喜气洋洋地出现在宿舍楼下的时候，值班室的老妇人神秘地询问她是否有喜事，在得到她肯定的答复之后，老妇人说：“是哪里的帅哥？带来我给瞧瞧。”她笑而不语，他们都认为这个年龄的喜事只是给自己找个男人、生个孩子吗？她满怀骄傲的心情回到宿舍，在昌平郊区间或传来的飞机轰鸣声中，安然睡去。这是她此生最安稳的一次入眠了。

如果不是第二天在微博上看到有关大卫婚事的信息，她几乎认为昌平的秋天完美得不可思议。然而她意识到北京的秋天总是短暂，如同最美好的一切事物无法久存。大卫结婚了，在自己的微博上展出太平山顶拍摄的婚纱照，附言是“愿得一人心，白首不相离”。新娘显胖，尽管她知道婚纱照总是会让新娘看起来芙蓉如面、身形姣好。大卫依然出众，鬈发更卷，也许被香港的发型师精心调整过曲度。

她在那条微博的页面上停留了很久，苦苦思索大卫是否实现了他的安放。她随即在评论区找到了新娘的有关信息：在香港中环工作，有高额收入的香港本土女士。从评论区她还获得的信息是，所有人对大卫突然结婚的消息都十分诧异。那句“愿得一人心，白首不相离”更是被好友们玩味再三。但终究，祝福的言论远多过质疑，毕竟是大喜。

她平静地合上电脑，在逼仄的房间里眺望墓园的方向，其实看不见，她知道墓园在相反的另一个方向，但不管怎样，离开北京三年后，她又回来了。这一次不再离开了，她想，因为她已经给自己买好了墓地。

布鲁克林宝贝

1

世界上最可怕的东西，是你十七岁的女儿——田妍靠在卫生间门外，自认为明白了一个真理。

黑漆木门内，正关着一个“最可怕的东西”——田妍十七岁的女儿，瑞娜，身高一米七的大孩子。

“出去，神经病——”三个小时前，瑞娜对田妍说了最后一句话，附送啪的一声，是卫生间门关上了的声音，干脆、响亮。

然后，没有然后了。

瑞娜已在卫生间待了三个小时。

不出来，说什么也不出来。

为什么？不知道。

如果知道原因，那瑞娜便不可怕了。这世上的疑难杂症，但凡能找出病因来的，其实也基本好一半了。但事实上，真正的绝症总是来得意外、莫测，像彩票，普通人最多能做个“事后诸葛”。

但无缘无故的事情，很让人委屈。人总是这样，似乎那些不能接受的事情，如果是“情有可原”的，也就不那么难以接受了。

所以，田妍还是锲而不舍地守在卫生间门口，要求得到一个答案。身为母亲的本能，让她对此格外执着。她仔细回想了近来自己与瑞娜的生活细节，确认自己并没有犯下足以惹恼瑞娜的原则性错误，于是也就更理直气壮了一些，当然，这也仅是相较于田妍平时对瑞娜的小心翼翼、低三下四而言的。

瑞娜甩出同一句话：“出去……”

田妍便知道，瑞娜这次的脾气发得很大。田妍根本就没有“进去”，又该怎么“出去”呢？瑞娜是气昏了头，她想。

有一点田妍倒是确信的，那就是瑞娜虽然把自己关起来，但瑞娜并不折磨自己，而只折磨田妍。因为瑞娜在卫生间里制造的各种响动，都明确表示她在里面安然无恙、自得其乐——她在卫生间不是想不开，而是不让田妍想开。瑞娜把自己锁在家里最狭小的空间里，把田妍的雨打风吹关在外面。

无缘无故的折磨，这不算最可怕。

最可怕的，在田妍看来，是你永远不知道瑞娜的下一步是什么。瑞娜对田妍来说，就是电脑随机显示的验证码，凌乱，不易识别，最喜欢最擅长的，就是不厌其烦地提醒你“输入错误”。

现在，干脆连“提示信息”也没有了，因为瑞娜今天又添了新招数，不说话。倒也不是一句话没有，瑞娜今天翻来覆去就只说那两个字“出去”。

2

“你有本事就一直不出来！”事发一个小时后，田妍底气尚存，所以，她还可以甩狠话。

田妍同时在黑漆木门的反光里，看见自己笔挺的站姿，斗志昂扬，犹如当初在中学当报幕员那样，随便一站，也是标准丁字步。

“学校……”田妍意识到，瑞娜是肯定有本事不出来的，但下午两点，瑞娜得去学校拍高中毕业照。

“下午的毕业照，你不拍了吗?”田妍敲门，深吸一口气，小心翼翼地让语气平缓下来，尽管多年战斗经验告诉她，软的硬的，其实对瑞娜都没什么效果。

电吹风在卫生间里呼啦啦响——表示瑞娜拒绝说话，也拒绝听田妍说话。

田妍把敲门改为拍门，黑漆木门沉重迟钝，拍上去，像拍块风干的肉，那声音连田妍自己都听不见。

电吹风倒是吹得更欢快了，像是铁扇公主要把孙猴子吹跑。可惜田妍不能七十二变，不然她倒愿意钻进瑞娜肚子里，看看自己生出来的女儿到底是魔是妖。

“她是妖，你不是妖她妈吗?”袁亚伟一贯低估事态的严重性。

“不知道又怎么把她惹了……”田妍在给丈夫袁亚伟的电话里，极力示弱，是为了争取战略同盟，“什么事情都没有……就是不理我……什么话都说了……哪怕让人知道为什么……”尽管田妍没哭，她也尽力让电话里的声音听起来带些哭腔。

“没事，到年龄了，过会儿就好了。”这是袁亚伟新近发明的三段论，他可以用这三句话来解释瑞娜的全部状况。

场外求助无效。

如果田妍与瑞娜的对峙是档电视节目，那么田妍还剩下两个求助办法，去掉一个错误答案，或者向现场观众求助。

得让瑞娜先去掉错误答案，她来了灵感。

田妍扔掉无用的电话，男人除了提供无用的劝慰，其实并无助于解决女人之间的问题，何况多数时候，他们并不想真正参与进来。

再回战场之前，她决定先给自己倒杯香槟，像美剧里那些绝望的主妇那样。那些美国女人，好像总可以把生活里混账的麻烦事，一块倒进杯子，再大口吞下去，好像就这样简单，立刻就能有镇静的勇气、机敏的智慧，仿佛转身就可以精神抖擞地去应付各种潦草局面。

怎么那么神奇？田妍拎起香槟瓶子，从上面细小的英文里，她没看出什么结果来，但她还是盯着酒瓶，好像看久了就能看懂那些外国字一样。

当然，美国的酒怎么解得开中国主妇的烦恼？田妍给自己找了个理由。之后，一口喝光左手的大杯香槟，右手不自觉晃动着剩下大半瓶酒的酒瓶。

瓶里淡金色的液体，有节奏地波动着，发出细微的嗞嗞声，无数小气泡在酒面上凝聚，攒成很大的一片，似乎跟田妍现在一样——就等着塞子一拔，那些泡沫便成为山呼海啸，迫不及待涌出来。

3

田妍对美国的全部认识，都来自美剧，或者该这么说，美剧是唯一一个不太麻烦的、能让田妍轻松了解美国的方式。

知情者会联想起，当年田妍三次高考落榜，都是因为英语不好，她应该烦死了那个讲英语的超级大国。事实上，田妍也的确对美国没什么兴趣。她的世界，即使在巨无霸城市北京，也仅限于家庭住址方圆十公里之内——作为资深家庭主妇，她贯彻一切以便利为要务原则。她不爱旅游，国内游国外游都算在此列；支持国货，骨子里仍传统如家乡县城里的本分父母。但她又的确好命——她将此归结于善良的自己总会好人好报，于是仍显出她的传统。当年高考成绩在全班中下游的田妍，嫁给了高考成绩年级第一的袁亚伟。谁能想到呢？袁亚伟大学毕业，二十世纪九十年代下海捞金，几个跟斗翻过来，就把田妍变成了北京城里衣食无忧的全职主妇。

到此，其实还没有美国什么事情。

北京城的主妇田妍，外修体形，内习养生，家财充裕也克勤克俭，并自认为袁亚伟之所以从袁主任迅速顺利成为袁总，也是得益于她如此低调本分的行事哲学而积攒下的“福报”——老天总是公平的。

是美国搅乱了田妍的生活，虽然她从来没去过那里。美国一出现，田妍的福报，就不顶用啦。

袁亚伟是袁家第一个去美国的人。他不过出差十天，带回来一只迪士尼的米妮玩偶，给时任北京市朝阳区第八小学六年级五班中队长的女儿袁宝娜。是的，当时瑞娜还是袁宝娜。然后袁亚伟又去了，并接连去了三次，累计时长三个月。

可能由于袁亚伟这个“考神”长时间在家里缺席，女儿考中学失常、落榜。此事后来也成为袁亚伟和田妍在北京面临的第一个社交难题——两人谁也不认识京城教育界权威，他们在各路关系中问来问去，也始终觉得南辕北辙。其过程简单说，基本是险象环生、功亏一篑，女儿情非所愿还是得上学——连一所全北京排名为八十六的中学，都收了赞助费。

田妍倒不认为普通中学有多么凶险可怕，理由是她在县城那所连校门都没有的中学里，待了八年，现在不也生活幸福、心理健康？她不自觉忽略了袁亚伟对“生活幸福、心理健康”所起的作用。

不安的是袁亚伟。他从小就是靠考试拿高分混江湖的人，对好成绩所能带来好处的认识，比田妍更为深刻，虽然事实上，田妍也是袁亚伟考试成绩的直接受益者之一。

袁亚伟决定，女儿的大学，看来得去美国上。

这个后来看来是十分重大的决定，袁亚伟只不过临睡前梦呓般嘟囔了一句，权当告知田妍。田妍当时看来，那仍是太久远的事情，他们不过刚刚才把女儿送进中学嘛。

他们都对此掉以轻心了。在这一点上，他们都不及袁宝娜。

袁宝娜从袁亚伟为自己描绘的未来里，可能预支了过多的自信，于是在初一就终结了自己的少女生涯。具体表现是，她让自己独立于中学男生女生的社交圈外，一个人独来独往，每天只静悄悄忙于自己的事务。班主任向家长反映情况，说袁宝娜在学校的态度基本是冷漠，最多也就不失个基本礼数。班主任不知道的更多情况是，袁宝娜是这所沸腾的二流中学里，谁都不可接近的一块不会沸腾的冰。那些胡同里疯跑长大的，神经和他们穿的裤腿同样粗大的北京少年，总是在她睥睨一切的眼神里，禁不住莫名所以地打个寒战，于是刚刚被她的神秘吸引而产生的那一点微薄兴趣，也就这样被冷冻雪藏起来。

田妍就此询问袁宝娜。袁宝娜的回答是，那些人，太无聊了。她说话的口气如中年人，是那种看破红尘后拒人千里的沧桑。说完，她又回自己房间开始忙起来。也的确够她忙的，她的朋友此刻都在大洋彼岸等着她上线呢。她坐在电脑前度过大半夜，兴高采烈跟美国网友们聊天、写邮件。为此，她还得狠命学单词，以至于初中的英语课很快就让她感到索然无味、厌倦。她听美国音乐，看美国电影电视剧，每周三固定去三联书店买最新一期的《16》——一本给美国少女看的英文杂志，全北京当时只有那一家书店有卖。她用袁亚伟从美国买回来的书包，并就此开启对田妍国货路线不动声色的宣战。

后来，田妍时常为此自责，袁宝娜的“变异”其实从那时就已现端倪，如果说现在的瑞娜是个让田妍无法理解的怪物的话，而田妍没有提前加以重视。

4

瑞娜的名字是袁宝娜。瑞娜的爷爷当初为了获得瑞娜的取名权，差点要拼上自己快六十岁的老命。理由是，袁家世代都是爷爷取名，在计划生育的基本国策下，只有一个儿子的他，可以想见，将只是瑞娜一个人的爷爷，他必须捍卫这“时不再来”的唯一的取名权。

爷爷不屈服，于是孙女的名字里，就有了一个“宝”字——据说“宝”是袁家这一代人的辈分，但除了爷爷，无人能够证明。最终落在袁家户口上的名字“袁宝娜”，其实是袁田两家人意见的折中——如果都不能说服对方，只好求其次。

袁宝娜是在自己十五岁的某天，宣布她是“塞瑞娜”的。

袁亚伟那时已是全地球出差的“空中飞人”——他责无旁贷要为袁宝娜的美国大学储备学费，所以他无法再像当初那样，为袁宝娜的学习成绩绞尽脑汁以致时常夜不能寐。而袁宝娜竟然等到一个一家三口齐聚的场合，才宣布这一决定，可见其重要。

袁亚伟此时对袁宝娜的任何决定，都会表示出过分夸张的赞赏以及毫无原则的支持。这一方面是因为，袁宝娜树立求学目标后，成绩除了英语，其他虽不是格外靓丽，但总体上也称得上稳定可靠，长远看，她要通过国内高考的独木桥入读一流大学，是悬了些，但她是要去美国上大学的，而此事至少目前看来，进程顺利，袁亚伟也就不再担忧。另一方面，也是因为袁亚伟自认为繁忙的工作使自己无暇关注袁宝娜，他心有愧疚。所以，袁亚伟是家里第一个叫女儿“塞瑞娜”的人。他甚至都没问为什么，就流利地把此前的“宝娜”改口为“塞瑞娜”——环球空中飞人的国际化进程，毫无困难。

田妍为此担心，好端端，怎么要改名呢？但她心中其实已经在不自觉地盘算，如果要改袁宝娜的户口名，她和袁亚伟有什么门路可走。是否应该去找自己高中某同学以及该给人家什么回报……中考落榜事件后，田妍“积攒福报”的生活信条里，又多了一条“积攒人脉”，好在她践行此信条的方式也不过是“与人为善”，本质上与“积攒福报”也不抵触。

袁宝娜拿睫毛轻扫了田妍两下，田妍就知道自己又错了。如今她在袁宝娜面前，出错的频率已越来越高。对袁宝娜冷淡的谴责方式，田妍已积累了充分经验。

于是田妍默默撕毁了自己正在心中草拟的“改名事宜备忘录”。

果然，袁宝娜说：“我不改名。但你们以后都叫我赛瑞娜，我的名字还是袁宝娜。”

尽管在田妍看来，袁宝娜的声明自相矛盾，她也没有再多做询问——如今问多了都是错，袁宝娜是家里的太后，田妍小宫女只管听命，就对了。

袁亚伟适时调和：“总要有个英文名的嘛！”

事情没那么简单。

田妍强迫自己把叫了十五年的“宝娜”改为“塞瑞娜”，塞瑞娜太后还是发飙了。“是塞瑞娜，不是塞！瑞！娜！”

田妍花了一定的时间，才明白自己这次错在哪里，感到伴君如伴虎。

塞瑞娜是英文名Serena，而“塞、瑞、娜”是中文汉字。三次高考都因为英语落榜的耻辱外衣，时隔二十余年，田妍又给自己穿上了。

袁亚伟感到田妍的发音很有趣，所以他也不打算纠正她。“纽约郊区，不，中南美洲，哥伦比亚的口音……”

田妍又耻辱了一回。

最终塞瑞娜允许田妍一个人把塞瑞娜叫成瑞娜，不知道是塞瑞娜太后对田妍的格外开恩，还是塞瑞娜对田妍的英文发音终于忍无可忍啦——“连爷爷都比你说得好。”当年力争取名权的爷爷，在得知其户口名并不会变动的消息后，也就听从了孙女的决定。

尽管这个问题终于以删繁就简的方式得到了解决，三音节简化为两个音节，难度大大降低了，但田妍却感到后患无穷——她在太后面前，更加没有地位了！

5

田妍终于决定要改变自己的卑微处境，是由于女友陈晓晨。

陈晓晨与田妍从事相同职业，主妇，但前者明显比田妍更受服务对象尊敬。田妍对于陈晓晨三天两头自驾游的生活倒并无羡慕，但陈晓晨的儿子一一对陈晓晨的绝对服从以及不经意流露出的仰慕，却让田妍不得不嫉妒。在陈家，陈晓晨是太后，一一和一一的爸爸是俩小臣子。对于两相对照的巨大落差，田妍百思不解。她分析对比了可能与之相关的各种因素，从家庭条件到人物性格，最终只不过安慰性地给了自己一个这样的结论：儿子和女儿，看来还是不一样。

“这不是关键。”陈晓晨对此不以为然，并故弄玄虚。陈晓晨对自己的心满意足，向来不加丝毫掩饰。

“这就是关键。”

陈晓晨显出一种迫于无奈的大度，于是打算极不情愿地施舍给田妍一点经验：“算了，懒得看你愁，告诉你吧，你得比她更懂，不管什么，你就赢了；你要没她懂，不管什么，你就输了。”

“懂什么？我还没她懂？”田妍不服气。

“自己琢磨，本宫不能再说更多了。”太后陈晓晨随即表示退朝还宫。

田妍其实完全明白陈晓晨的圣谕，她只不过在陈晓晨面前羞于承认。

现在，田妍要发愤图强了，尽管三次高考后，这个词跟她再也没有发生过关系。

田妍首先要知道瑞娜在忙什么、关心什么。她在瑞娜的电脑里寻找突破口，但她一无所获。那些可以获取的东西都让她头疼——英语作文、函数公式、几何课件，全都不是人类的语言。而那些不让她头痛的东西，她又得不到——电脑只认密码，不认人。她感到委屈，想到自己少女时代连带锁的日记本都还没有被发明出来，一家人住在一间房里，家长看子女隐私，就像看玻璃柜里的东西般容易，更不会有任何心理负担，所以家长们甚至都懒得过问了。

如今，她偷偷摸摸地做着科技含量极高的地下工作——不知道要损失多少“福报”。

好在此时她仍有“苦心志劳筋骨”以“翻身做主人”的信念，不然她很可能就放弃了，因为“积攒福报”的人生有条最重要的原则，就是凡事莫强求，该放则放。

她意外发现电脑播放器里还存有几条没被清理的历史记录时，又再一次体会到了“好人好报”的天理。瑞娜明显清除了浏览器的所有网页浏览记录，但她忘了播放器——百密一疏，这就是瑞娜的做事风格，也是当年她为自己找到的没考上中学的唯一原因。

顺着瑞娜留下的仅有暗示，像猎人顺脚印追捕猎物一样，田妍开始看一部美国电视剧——《绯闻女孩》。

看了十分钟，田妍睡着了。

滚动的字幕，就像高速公路的车流，猝不及防就划过去了。连字幕的阅读量都如此巨大，田妍不可能再顾及人物对话的实际含义、冗长翻译体所暗示的内容，以及由此迅速推进的剧情了。失去了看剧乐趣的田妍，在这惊心动魄的地下工作中，安稳地补充了连日来持续缺失的睡眠。

几天后，田妍才有信心重整旗鼓，以自己高中上课时强迫自己不瞌睡的秘密方法，竟勉强看完了第一集。但情况并不好，甚至更糟。

她快要疯了。

田妍之后给袁亚伟的长篇电话，因为失去理智而逻辑过于混乱，所以在此无法重复。好在之后袁亚伟以他条分缕析的能力，对导致田妍快疯掉的理由做过如下梳理。

他的基本态度是，“我还以为什么，原来是部美剧”。

他站在田妍立场的考虑以及提供的相应解释是：“一、名字把你吓住了。绯闻女孩，其实那个单词的英文原义是八卦，也就是你们女人那些唠叨。是不是觉得也还能接受了？

“二、这剧第一集就演美国青少年吸毒，还死人了，把你吓住了，以为美国的乌鸦都黑。电视剧嘛，都需要噱头。这就是噱头，艺术的夸张，现实哪有那么凶残？如果广电总局不管，我们拍《十六岁的花季》，也能拍出吸毒和凶杀来，你信吗？

“三、纽约把你吓住了。一个上东区，有钱人，金光闪闪，拜金，堕落！一个布鲁克林，艺术区，没钱，瞎混，也堕落。北京也有贫富差距呀！国贸和十八里店，那也是天上地下嘛。

“四、女主角把你吓住了。一个美国高中生，你说人家成熟得像茶花女，交际花。西方人嘛，都早熟，这属于人种问题。

“是不是感到好多了？”袁亚伟对自己的分析能力向来感到十分满意——他事业有成，看来也不是平白无故的。

“她就是塞！瑞！娜！”田妍喊，她自认这次努力最大的收获，是知道“塞！瑞！娜！”这个拗口又奇怪的名字的来由——《绯闻女孩》的女主角Serena，一个有着曼哈顿上东区富可敌国的家庭（先不说这个家庭是何其混乱了）的姑娘。剧中，这姑娘跑去布鲁克林，搅乱了普通家庭里一个本分老实的文学青年的生活。

袁亚伟说：“英美国家的人名，总共就那么多，重复多正常啊。塞瑞娜挺好，说明女儿有志气，选了个女一号。好了，你今天接受的信息量过大，得好好消化消化了。”

“可是……”

“主动了解美国，这是你第一次嘛，不错。看看美剧，又是娱乐，以后也好跟塞瑞娜交流。”袁亚伟出于多年担任领导的习惯，最后总结性给予了表扬和鼓励，也算是给田妍的“地下工作”定性，暗示她可以放下思想包袱，光明正大，深入开展工作。

之后，他当然迫不及待挂了电话。

当时他想，师父领进门，修行看个人啦！

6

田妍不算那种有灵气的人，比如陈晓晨，会敏锐捕捉、举一反三，再依靠直觉、给出判断——这本来是田妍和陈晓晨在逛商场时得出的结论，陈晓晨以此来显示自己对于时尚趋势的敏感嗅觉。但一语成谶，自从田妍意识到自己也许是出自天性的迟钝，她也就全方面地甘于一种迟钝状态了——世界变化快，不如保持不变。

所以，田妍很多时候都只能依靠笨办法。她看美剧看得有多累，美剧迷们可能无法理解。她的右手一直握着鼠标，以便在一大排字幕闪过时，迅速暂停，这并非为了仔细琢磨对话的遣词造句，她只不过需要多一点时间把那些中文字幕通读一遍。她的确看得慢了些，因为阅读速度总是与阅读量成正比。她的左手边，摊开一张美国地图，逢剧中出现地名，她便去地图上找，从加利福尼亚、芝加哥、洛杉矶、伊利诺伊到新墨西哥、华盛顿、波士顿、新泽西……以及最重要的，纽约。鉴于田妍看得最认真的美剧《绯闻女孩》主要发生在纽约，所以她还单独准备了一份纽约地图。从曼哈顿、布鲁克林到皇后区、长岛，她一个一个都找过，尽管她其实连北京城总共有几个区都不是太清楚。当然，更不用说她还需频繁光顾有关百度贴吧，以便及时解决自己对剧情所产生的那些困惑。

田妍觉得，当年高考的时候，如果也让她这样看一段时间美剧，她可能不会因为英语落榜。

不知道是田妍有志者事竟成，还是影视剧对女性天然就容易产生影响，一段时间后，田妍和瑞娜的生活，渐渐有了变化。当然，变化的一方主要是田妍：她开始购入进口商品，比如她现在喝的香槟，比如给瑞娜喝的牛奶以及瑞娜的零食，比如家里的电器。田妍开始喝咖啡，吃面包涂的是黄油，在忘掉此前对这些不健康食物的偏见后，她倒也觉得，其实它们味道还不坏。尽管不习惯，田妍也不再炒菜，而改成了烤和煎，为此添置烤箱，因为美国人是不会炒菜的……

虽然田妍也不知道这些改变是否真的对自己了解瑞娜有所帮助，但田妍的确感到生活忙碌起来。为了那些进口食材，她需要去十公里外的进口商品超市，为了留出看美剧的时间，她不得不停止坚持多年的每晚在小区的散步。当然，为了不落后于瑞娜太多，她还需时不时偷看瑞娜电脑的播放器记录，以便了解瑞娜新近关注的是哪部美剧。

瑞娜也开始愿意跟田妍简单说几句话啦，虽然这些话更像是瑞娜太后单方面发布的旨意：比如她希望申请纽约的学校，她中意建筑专业，因为她认为自己的特长是结构与美术，她还申请了高一暑假去纽约的夏令营……田妍仍然不能多问，因为瑞娜太后只负责宣布懿旨，并不负责解释。瑞娜对田妍说的这些话，是钻出洞口的小老鼠，但凡稍有风吹草动，它们便会眨眼间缩回去。

在瑞娜心情还不错的时候，田妍甚至可以大胆地和她讨论剧情。田妍说："我已经看到塞瑞娜和丹尼尔在一起了，她为什么会喜欢一个穷小子呢？"田妍心里想的却是另外一个问题：几年后，或者都用不了几年，瑞娜会不会爱上一个穷小子？作家？画家？摇滚歌手？田妍感到担忧，瑞娜已经让她绞尽脑汁，让她颤巍巍地在跨越鸿沟的绳索上爬行以试图去触摸瑞娜的神秘领地，所以，不能再让一个艺术家来使这理解的鸿沟越发宽阔。

瑞娜此时已经知道田妍在看美剧了。可能是从生活中那些显著的变化里，瑞娜得出判断：这至少不是坏事。于是瑞娜从百忙之中抽出身来，打算亲自解答田妍的疑惑，而不是如惯常那样，用一句"上网查吧"将田妍快速打发。如此，瑞娜也算是对田妍终于开始主动改变、终于开始接受新事物的举动，表示出赞许啦。

瑞娜说：“丹生在布鲁克林，跟塞瑞娜以前在曼哈顿认识的所有男孩都不一样，丹有趣。塞瑞娜原来只是曼哈顿的Queen S，现在，她还是布鲁克林的宝贝。”

其实，田妍的思路在瑞娜说出第一个字的时候，就没跟上。“丹？是谁？”

“丹尼尔的简称啦！”瑞娜瞬间又变回那个惜字如金的太后了，她满脸失望，退回自己的卧室。

田妍花了一点时间来理解这段对话。她对比了Queen S和布鲁克林宝贝——这都是瑞娜用来形容女主角塞瑞娜的，感到有些许细微的领悟，但犹如浓雾遮蔽的星月，那些东西，其实并不清晰。田妍自然知道Queen S是塞瑞娜在剧中的绰号，意思是S女王。于是她感慨，S女王都可以成为布鲁克林的宝贝，瑞娜太后什么时候才成为她的宝贝女儿呢？

但事情确实正在慢慢好起来，尽管这过程显得艰难又充满波折，如同任何有着伟大意义的事业一样。

有一段时间，田妍甚至开始考虑要不要改口，还是叫瑞娜为塞瑞娜。那时，田妍把一百多集的《绯闻女孩》都看完了，于是她认为自己已经可以完美地用纽约口音说出这个名字了。

其实也没那么拗口嘛！

7

大概是香槟酒的作用，也可能是情不自禁，此时在厨房的酒柜前寻求安慰的田妍，竟突然大喊一声“塞瑞娜”。标准美式发音，就这么脱口而出，流畅顺滑，宛如此时杯中的酒。

田妍下意识去捂自己不听使唤的嘴，但她随即又笑了起来，感到不可思议，为自己而倍觉惊喜。

如此一来，她好像也有了一些信心。

她放下酒杯和已经空了的香槟酒瓶，打算重回战场。从厨房到卫生间门口的短暂路程中，她想，美国的香槟酒，看来真有作用。

卫生间黑得发亮的门，如深潭静水，映出一个田妍极为熟悉的身形轮廓。她欣赏了一会儿，又对着那身影最大限度挤出一个笑容。丁字步站得太累，现在，田妍把自己轻飘飘的身体贴在门上。黑漆木门映出的那个身影，于是也向她靠近。她们贴在一起，亲密得几乎让田妍感到不适。

“塞瑞娜，塞瑞娜，塞瑞娜……”田妍贴在门上，重复喊着，以至于她错觉自己更像是在刻意炫耀发音，虽然炫耀并不符合她的作风，但这难能可贵的发音，毕竟是她通过努力才终于获得的，那么也许，是可以炫耀一下的？她突然为此快活起来。

为什么没有早一点喊出来呢？她想，但随即又摇摇头，感到自己注意力没有集中。“得先解决眼前的问题。”她提醒自己。

“瑞娜，有什么事，跟妈妈说。妈妈可以改的。”田妍说。但她仍然感到精神飘忽，以至于都言不由衷，好像有两个自己，在眼前交叉跑动。她怀疑是门上的影子在扰乱她的思路，于是她不自觉侧身、扭头，像每一次经过镜子或橱窗那样，看着漆黑的门上映出的那个影子。她甚至极力收了一下腹，毫不意外，她仍然沮丧辨认出了一个明显凸出的小腹。田妍被便秘困扰，历时一周。鼓胀的小腹内，此时有只不断茁壮和强硬起来的硬壳动物在啃噬她的五脏六腑，那蠢蠢欲动的感觉让田妍此时很不恰当地联想起当年怀孕所经历的胎动。胎动是十八年前的记忆，眼下却是现实痛苦。又或许，正是十八年前的胎动，导致了眼前的痛苦。田妍不确定。

下星期二，是田妍四十岁生日。电量使用过半的玩具车，也会对遥控指令反应迟钝、运转缓慢。如此也能理解，便秘和如今身体在许多方面的力不从心一样，都算不上让她大惊小怪的事情。

瑞娜此时竟然毫无动静。

田妍拍门。

她开始听见各种瓶瓶罐罐接二连三砰砰啪啪落在洗面台上的声音。响亮清脆，说明瑞娜出手干脆利落，也说明那导致瑞娜一个上午都待在卫生间的怒气，也许现在还在。

一点都不用怀疑，田妍隔着玻璃门也能听出来，瑞娜准确拿起来过一会儿又放下的，是洗脸台面上的粉底液、香水、防晒霜、精华露、睫毛膏，还是柜子里的减肥按摩膏、女性洗护液、电动祛斑理疗棒以及让头发蓬松的烫发板……那全都是田妍的东西，田妍每天都会把它们拿起又放下。就像熟悉它们各自的功能一般，她自然也熟悉它们落在台面上时，那些差别细微的声响。它们几乎是田妍身体的一部分，和她一起塑造着一名四十岁女性的尊严。

粉底液、香水、防晒霜、精华露、睫毛膏……即使瑞娜动用，也没太大不妥，田妍此时不得已忽略掉自己对瑞娜禁用化妆品的要求，因为她知道，瑞娜早就开始化妆了，从高一暑假去纽约交流的夏令营开始。

田妍想起卫生间柜子里的减肥按摩膏、女性洗护液、电动祛斑理疗棒以及让头发蓬松的烫发板……想象瑞娜一边琢磨着它们的用途，一边在卫生间快乐地嘲笑田妍，就像瑞娜一贯那样。瑞娜在田妍面前拥有的年龄优势，让瑞娜永远具备优越的资本。

这念头无疑破坏了田妍刚刚好转的心情，以及勉强重拾的耐心。

8

又过去了半个小时。

丧气的田妍索性又回厨房，开了一瓶酒，红酒，当然是出自美洲大陆的新世界的红酒。田妍对自己实施的“改革开放”政策，仅面向美国，因为美国才有寨瑞娜，才有纽约，才有布鲁克林的宝贝。

有必要强调红酒的产地吗?

当然，因为田妍正是在端详这瓶红酒的时候，感到了遗憾。她意识到，自己并不知道欧洲的红酒是什么滋味。于是这美洲新世界的酒，便也失去了参照。她感到一种无法形容的委屈，不知道是为酒，还是为自己。那些法国的、意大利的、西班牙的还有不知道哪个国家出产的古老的红酒哇，是不是已经被忘掉了呢？

田妍这方面的知识有限，她无法让思路展开。

9

高一暑假，瑞娜如愿参加某国际交流学校组织的纽约夏令营。她兴高采烈地混在十名少年组成的队伍里，在田妍百感交集的目光护送中走进首都机场的安检口。

在纽约期间，瑞娜一直住在布鲁克林某彩色公寓楼二楼的一户华裔人家中。房东家里，长年只有一名老太太在家。瑞娜说，老太太总让人想起西蒙·波伏娃或者杜拉斯，总体来说就是那种丑陋而有魅力的老才女。老太太的儿子孙女在纽约另有住所，偶尔会来布鲁克林探望。那时，他们一家人便在公寓里兼作客厅厨房餐厅的大房间里，吃自制的华夫饼，就以两瓶白葡萄酒，谈论如何给小阳台上的花卉施肥以及近期毕加索画展的话题。

根据这些信息，田妍并不能将布鲁克林老太太的形象在心中勾勒出来。不过老太太的性别和年龄，倒是让田妍为瑞娜的安全所产生的那些担忧，稍微得以缓解。

田妍在这一个月中，思考最多的问题仍然是“布鲁克林”。

“为什么非要住布鲁克林?”半夜，田妍问袁亚伟。田妍看来，这实在是一个危险的选择，似乎仓廪不足的布鲁克林人民，都是不知礼节的野蛮人。袁亚伟此时刚从欧洲回国正在倒时差，于是显得神采奕奕，但他答非所问地说：“布鲁克林很好哇，我去过。瑞娜也应该去体验一下。”

瑞娜此行回来后所发生的那些变化，田妍自认是其最直接的受害者。田妍甚至感到，瑞娜其实根本没回来，她仍然在布鲁克林陪着那个老太太。

具体而言，瑞娜此前的独立只是精神的独立，但现在却是生活上的独立。尽管这种“独立”生活显得十分勉强，也经不起推敲，但瑞娜也一定要坚持这种貌似独立的姿态。瑞娜自己洗衣服，并宁愿自己做简单的三明治，也拒绝田妍为她烤小蛋糕。瑞娜自己安排各种留学补习班的课程时间，把一沓整理后的补习学校的交费通知单，端端正正放在田妍的床头柜上。瑞娜开始准备申请布鲁克林唯一一所面向中国招生的艺术类学校——普瑞特艺术学院。她给去年入读的中国学生发去言辞恳切的长信，希望可以获得一些经验或者帮助。

客观说，瑞娜百密一疏的风格在她的独立进程中，仍然若隐若现。田妍时常用来证明瑞娜尚无独立生活能力的案例是有一次，瑞娜苦寻了两天的手机，最终在洗脸台上一块湿毛巾下现身。当这个失去所有功能所以不能再被称为手机的东西被田妍拎起来的时候，大滴的水珠就滴滴答答地打在洗脸台上。

正是这样，瑞娜百密一疏、丢三落四，瑞娜的东西永远要么身首异处要么人间蒸发，瑞娜对这些“身外之物”的漠视态度，几乎跟瑞娜对田妍的态度近似。

“这有什么呢？”瑞娜毫不愧疚，“再买一个手机吧！”瑞娜满不在乎地说。对于田妍由此发端的那些喋喋不休的指责，瑞娜更是表现出茫然，田妍说：“再买一个？再买三个，你也不会爱惜的！”

瑞娜说：“Whatever（无所谓呀），这又能怎么样呢？”

田妍道：“一个苹果手机4000块！你知道吗？”

瑞娜补充：“4500吧？我那个是32G的。”她根本没有领会田妍的意思，但她随即好像又明白了一点什么的样子，接着说："可是，也不是你的钱哪？你又不负责赚钱。"

田妍噎住了。她过了一会儿才思考出，应该换个角度跟瑞娜讲那些本就是天经地义的道理，但因为其间这段沉默的时间过于漫长，所以田妍重新发起的问责便显得软弱，而且十分突兀。

田妍这次的立场是"既然是属于你的东西，你当然要爱惜它们"。

瑞娜倒更加理直气壮，"对呀，属于我的东西，当然由我处置，你为什么要操心呢？"

这是一次典型的正面交锋。在这一回合里，形势明显对田妍不利。

田妍有时也抓住一些难得的机会，进行侧面进攻。有一次，田妍给瑞娜展示自己少女时代的一只发卡，又说当年这只发卡如何得之不易，以至于从来没舍得戴过，珍藏至今拿出来看，还觉得满是回忆。

为什么？

田妍于是讲了一个爱好音乐的少女因为家庭等种种原因被迫放弃梦想的故事。父母为了安抚少女的失落，从紧张的家庭收入中，硬挤出不菲的一笔钱来，托人从上海买回了这只奢侈的发卡。

田妍的讲述，当然因为立场过于主观，所以添加了不少煽情的、自怜的细节。可能正是这些细节，令这个本该具有教育意义的故事，产生了完全相反的效果。

瑞娜正义凛然，“为什么不坚持自己呢？居然被一只发夹收买了！”过了一会儿，她又问：“外公外婆为什么要干预你的梦想呢？难怪你现在也老想掺和我的事情，原来是你们田家的遗传。”瑞娜气呼呼的。

历史并没有对瑞娜产生教育意义，却给瑞娜落下口实，让她得以轻松地去指正历史。田妍感到其中有一些讽刺、可笑的东西，让她无端难过。好在现实生活中的田妍也克勤克俭，所以田妍新的进攻，便建立在“现实”这块强大的基石之上了。

田妍一边梳头一边貌似无意地感叹：“这把梳子是结婚时别人送的，很好的木头做的。它陪我的时间跟你爸一样长。瑞娜，陪你最久的东西是什么？”

瑞娜担忧地说：“妈妈，梳子用了这么久，会不会都是细菌？你不考虑换一把吗？”

田妍梳头的手停了一下，多年经验又随即提醒她，不能遗忘使命，田妍于是说：“问你呢，陪你最久的东西，有吗?”

没想到瑞娜很得意，说：“新浪邮箱！我从六岁就开始用，现在十一年了，没换过。我知道你的邮箱，才用了一年。”

瑞娜太后于是又一次以胜利者的姿态，得胜还朝。

更可怕的事情是这一年的结婚纪念日，田妍收到袁亚伟送的一把沉香木梳。

袁亚伟对此欣慰地表示：“还好瑞娜提醒。我都没有注意到，你快二十年都没买过梳子。”

尽管瑞娜仍然不时因为丢东西，而在自己的独立生活里制造出并不“独立”的麻烦，尽管有些被丢的东西并不能通过“再买一个”而成功“借尸还魂”，但这些小插曲，都不会妨碍像房客一般住在自己家里的瑞娜无数次以语言和行动共同强调那个主旋律，瑞娜似乎只在乎这一件事：她不干预房东田妍的生活，田妍也不被允许插手瑞娜的事情。

有一次，瑞娜在田妍收拾过的卧室里咆哮，委屈得犹如田妍弄乱了她的卧室而不是相反，这让田妍感到自己的委屈反倒是无从发泄。田妍只好看着瑞娜把卧室弄乱。瑞娜把被子扔到地上，把书架上的书用力扫到桌上，把抽屉里成对叠好的袜子一只只翻出来……破坏完成后，田妍再眼看着瑞娜把这些无辜的东西重归其位。瑞娜在卧室重建新的秩序，彻底抹除掉此前的秩序建立者田妍所遗留的蛛丝马迹。

田妍怀疑，瑞娜独自在纽约度过的那一个月，是否格外艰难，以至于瑞娜被迫提前意识到，未来必须生活自理。

瑞娜宣布，父母和孩子本来就是独立个体，生活自理是表明相互尊重，这样，田妍也可以有时间去做自己的事情。

田妍辩解，我目前的事情，不就是照顾你的生活吗？

瑞娜以胜利者的姿态，温和却又不容置辩地说，妈妈，你非得让我感到羞愧吗？

田妍想说，这有什么羞愧的？但话没出口，瑞娜又说了一句："有时候，你让我很难理解。"

田妍真后悔没先把这句话讲出来。

对终将离家的瑞娜而言，生活自理其实也不算坏事。袁亚伟甚至对此极为骄傲，为他支付的那笔夏令营费用感到物有所值。于是田妍的痛苦便再也不能堂而皇之地向袁亚伟倾诉以博得理解。

田妍是失落，她对瑞娜的最后一点作用——照顾瑞娜的生活起居，如今都成为无法企及的东西了——田妍还曾以为这会是永远属于她的。

看来“永远”其实是不存在的。也正是此前对“永远”的误解，如今在伤害着田妍。田妍自暴自弃了一段时间，此前发愤图强时的那种壮志，因为失去了瑞娜的鼓励，也烟消云散。

田妍在这段时间的主要成就，是填满了厨房的酒柜，并很合时宜地看完了八季共一百多集的美剧《绝望的主妇》。这部剧里主妇们糟糕的生活倒是安慰了田妍，至少让她觉得自己目前的生活还算风平浪静，看上去也没那么糟糕。而美国主妇们嗜酒的毛病，也顺便培养了田妍对美国酒饮的爱好。

好在美国的影视作品总是会附带着“美国梦”那种光明结局，因此在这部美剧的终结处，田妍也终于得到了解脱与释怀，感到再糟糕的生活也不该抹杀掉希望。此处该庆幸瑞娜的求学目标不是欧洲众小国，不然，从那些晦暗的欧洲文艺片中，田妍应该很难得到如此乐观的领悟。

这也是瑞娜无比得意的一段时期。她在袁亚伟的协助下，获准不必再去学校忍受高二高三年级的非人间生活。虽然在全身而退后，她仍需花大半年时间准备托福考试。

10

田妍不记得自己是什么时候躺在沙发上的，她只记得自己搭在鼓胀小腹上的两只手，顺着小腹又滑上了胸，然后是麻木的肩膀，以及松弛的手臂……她感到自己全身都在膨胀，臃肿如一团发热的泡沫。棉质睡衣无疑又加重了她臃肿的程度。从早上就没有来得及梳理的头发，发梢扎进了衣领，毛茸茸像无数小虫在啃噬后脖颈的皮肤。她相信现在自己一定是丑陋至极的——这念头一出，几乎令她惊恐万状地从沙发上弹起。只是她似乎又无法控制自己的身体，那膨胀的一堆泡沫状的肉体，仍然陷落在天鹅绒的沙发里，像死去一般，一动也不能动。

仿佛还有一些梦。瑞娜在梦里只有五六岁，扎两只粉红蝴蝶结，胆怯地牵着田妍的衣服，躲在田妍身后。田妍使劲想把瑞娜推到自己前面来。

又似乎站在一个舞台上，台下黑压压全是人。哦，是田妍高中时的大礼堂。田妍站着丁字步主持节目，面前是一只包着红绸的落地话筒，身上的白衬衣仍有消毒水漂白过的味道。下一个节目，演出者，瑞娜。瑞娜在哭，她小声说，妈妈我怕。台下似乎正在骚动，议论的声音越来越大。田妍在发怒，她用力拧开瑞娜拽着自己衣角的小手，转身大步走开。几步之后，田妍又忍不住回头看，她看见瑞娜站在舞台中间，只有小小的一点，手足无措，连哭都不敢发声。

在梦中，田妍好像也仍然知道自己是在做梦。她在梦中都在对自己说，这只是一个梦。

于是现在的田妍就这么看着梦中的田妍，好像在看美剧。现在的田妍似乎并不关心梦中那胆怯害羞的小瑞娜，因为那个小瑞娜早已经不存在了。现在的田妍，只是看着梦中的田妍，那个年轻的田妍，小巧的田妍，全校最能歌善舞最会主持的田妍。啊，陌生的田妍。

梦里的田妍，竟然向沙发走过来了，向现在的田妍走过来了。

黑色的马尾已经放了下来，打着卷，披在胸前，泛着金棕色的光芒。白衬衣变得紧身，勾勒出一个玲珑身体的轮廓。蓝裙子短了，裙裾随着脚步一下下地摆动。漂白水的味道没有了，传来甜腻的水果味……

田妍意识到自己此时在沙发上的窘迫、丑陋与颓废，于是她四处想抓点什么东西来挡住自己，但她什么也没抓到。

她很着急，并终于向那个越来越近的人影吼道："你别过来，你回去！"

11

"妈妈，你怎么了？你……喝多了？上午就喝多了？"瑞娜不知道什么时候从卫生间出来的，田妍先听见了瑞娜的声音，睁开眼睛，却只能隐约看见一个影子，远远坐在沙发另一端。

"瑞娜？"

"嗯？"

"你……"田妍张了张嘴，感到视线逐渐清晰起来。她已经可以看清面前白色茶几上的酒杯，以及茶几面上那一圈一圈的、酒杯底座大小的红酒印迹——血红的颜色显得很可怕。

"妈妈，你有酒瘾了，可惜中国没有戒酒互助会，美国很多人都有酒瘾……”瑞娜又说了些什么，田妍没有听太清楚。她只是在想一个烦人的、也许她永远也不会得到答案的问题：瑞娜竟然从卫生间出来了？

田妍终于可以开口说话了：“你，今天为什么，不理妈妈呢？”

但瑞娜突然大叫起来：“哎呀，我快来不及了，两点拍毕业照！”于是，那个长发、白衬衣、蓝裙子的身影站起来，并几乎是跳跃着，离田妍远去。

田妍觉得自己听见了一个声音在远远的地方说：“妈妈，我真是不能理解你……”

12

一个月以前，瑞娜参加布鲁克林的普瑞特学院第一次在北京举行的留学生面试。尽管她刻意表现出稳重和平静，但据袁亚伟说，他还是能从瑞娜的眼神里，看出那种初涉世道时的胆怯和软弱。

她毕竟只有十七岁。

田妍没有获得陪同瑞娜参加面试的资格，理由是，瑞娜认为不通英语的田妍在那样的场合，只会成为需要袁亚伟和她自己分散精力来加以照顾的“东西”。

瑞娜自然通过了面试。田妍对此并不意外，但这个结果仍然令她感到喜悦。后来，袁亚伟如约给田妍展示了那天面试结束后所有获得通过的学生的现场合影照片，算是对田妍的安慰。

田妍看见，那照片上七八个少男少女站了一排，瑞娜在其中显得那么陌生。她脸上那种田妍极为熟悉的老到、成熟和深不可测的东西不见了，照片上这个十七岁、身高一米七的少女，有着儿童一般纯粹的、一览无余的、几乎是幼稚的神态。这种神态，田妍已经很多年没有在瑞娜脸上看见过了，却没想如今意外地于一张合影照片上，与之重逢。

这样的时刻，真是屈指可数。

瑞娜十岁生日派对是在麦当劳开心乐园办的。瑞娜邀请的小伙伴不算太多，但瑞娜认为他们彼此熟悉。当小客人们急不可耐地专注于疯狂瓜分麦当劳赠送的数只生日玩偶时，本该是这生日派对当之无愧主角的瑞娜，只是慷慨地站在一旁看着。因为没有参与这场抢夺玩偶的战役，瑞娜只得一无所获。田妍本以为瑞娜只是不喜欢那些玩偶，直到田妍最终发现，两手空空的瑞娜的脸上写满了困惑、无力与软弱。瑞娜在整个派对中，一直表现沉默，有时候，她就像一只离群的羊羔，略显可怜。游戏中，她是唯一没有玩偶的孩子，而根本没有一个孩子表示出可与瑞娜分享玩偶的意愿。袁亚伟那时正血气方刚，于是打算亲自去给那些“小兔崽子”上一课。田妍对此进行劝阻，因为正在努力积攒“福报”的田妍相信，待人大度一些，其实也不是坏事。

瑞娜十二岁以交赞助费的方式升入初中。开学第一天，田妍送她去新的学校。母女俩站在入学登记处门外，等着门内那个尖刻的中年女声叫出瑞娜的名字。田妍担忧地询问当时几乎面色惨白的瑞娜：“你自己可以进去吗？要不我陪你一起？”瑞娜尽管在摇头，表示不需要，但她的表情却同时说着相反的意思，那种无助、迷茫和哀伤，完全是对两年前生日派对的场景重现。田妍本还想坚持，但终于听见瑞娜小声说：“不用了，妈妈。”这时，瑞娜的名字被办公室里那个陌生的声音念了出来。瑞娜走到门口，又回头，对田妍说：“他们，都是自己进去的……”十二岁的瑞娜已经学会勉强自己了。

没承想，是否该送瑞娜到新学校入学的问题，在时隔近六年之后，再次被提上袁家议事日程。瑞娜号称自已不需要袁亚伟送也更不需要田妍送，但她的语气却是游移的，仿佛拙劣的演员迫不及待想一口气背完一大段台词，反正听上去，并不真诚。这无法不让田妍想起当年瑞娜在初中入学登记处门口的样子。只是此时的田妍已经没有了那时的话语权，田妍对此早已自知，所以她也并不打算正面揭露瑞娜。田妍只是把想法与袁亚伟沟通，袁亚伟表示“会加以考虑”。

但很快，瑞娜便得知了田妍的把戏。这似乎反令瑞娜像被激怒的困兽般，突然变得强硬起来。

瑞娜以大喊的方式爆发了：“美国哪里有大学生还要家长送的事情！你们够了！”

袁亚伟当即表示出一种出于理性的赞同，他诚恳地说：“是的，所以我不打算送你。”

面对二比一的在握的胜券，瑞娜并没有放弃自己的进攻策略，她说：“就算中国留学生，也没有家长送去的！陈晓晨阿姨的儿子一一，去年不就是自己去的洛杉矶吗？”没想到瑞娜举出的例子，竟然是陈晓晨的儿子，一一。这个始终让田妍心情复杂的陈晓晨，事到如今，也依然是田妍的心病。瑞娜这话的潜在含义，在田妍听来，是如此明确、刺耳：你田妍仍然不如陈晓晨。

田妍说："所以，一一才会找不到学校，才会从机场打车到学校，打了1300美元。"

袁亚伟夸张地啊了一声。这颇为戏剧性的一声，的确制造了一种很有说服力的效果。

瑞娜却总有让田妍意外的能力，瑞娜说："一一是书呆子，从小对陈晓晨百依百顺，一点都没有自己的想法，除了读书，别的都不会，才做得出这种傻事来。连书呆子都能自己去，我为什么不能？"

至少瑞娜对一一表示出的蔑视，田妍还是喜闻乐见的。

田妍正打算搬出"丢三落四"这一显而易见的证据来救场，却没想袁亚伟抢先出场了。

袁亚伟当机立断表示出对瑞娜的信任和支持，他甚至还怕不够，于是又在天平上瑞娜这一端，加了一块不轻的砝码，以帮助瑞娜全面锁定胜局。袁亚伟的砝码是田妍平日极力称赞的"别人家的孩子"："田妍，不要担心了。你知道王老师的女儿，当年自己第一次去美国上学，只带了200美元，现在，不也毫发无损地成了博士，当了教授吗？"

13

“爸爸，你知道妈妈有多可怕吗？”

田妍从沙发上再次醒过来的时候，觉得自己也许已经沉睡了一个世纪，如果她没有被瑞娜讲电话的声音吵醒的话。

“不，我什么都没做。

“我早上起床，还没有洗脸刷牙，我的头发，你知道的，爸爸，就像火影忍者。我这样的时候，妈妈就追到卫生间来，问我一堆问题。我不知道她想知道什么，我只好把卫生间门关上。等我出来，她怎么把自己喝醉了？”

田妍看见茶几上的酒杯，仍然放在原处，红酒的印迹已经干了，也许会很难擦掉。她想，也许该试试厨房除油污剂吧，不，红酒并不是油污，那该用什么呢？

田妍不知道自己为什么，好像再也无法让思绪摆脱这块红酒污渍的困扰。

“爸爸，你说妈妈是不是有酒瘾呢？怎么好端端就喝醉了呢？我们要不要给她找心理医生呢……

“是的爸爸，以前好像是没出现过。

“那我观察观察。

“爸爸，还有一件事，妈妈竟然把那张照片发给外公外婆，还发给爷爷奶奶了，发给全天下了！Disaster（灾难）啊，太可怕了！

“就是上个月参加普瑞特学院面试的照片哪，你怎么能把我照得那么丑呢？我都没有自信了。你知道我今天花了一个上午来打扮自己吗？我会不会越来越难看……

“爸爸，你说我好看有什么用啊？你还觉得我火影忍者的发型好看呢。

“今天拍高中毕业照啊，我压力山大，好长时间没去学校了，不能让他们觉得我怎么这么难看……

“当然重要了！我今天一直盯着镜子看，越看越觉得自己so ugly（如此难看）。但是特别奇怪，你知道吗爸爸，我洗完澡、吹完头发，化了两个小时妆之后，我就觉得自己正常了，可以见人了。

“不，你也不行，妈妈也不行，所有人都不行，谁都不能看见我早上起床的时候那种难看的样子。

“爸爸，你过分了！不过，我可以告诉你，老公当然更不行。

“为什么？因为……因为……我希望在他眼里，我永远是漂亮的，没有瑕疵的，我是他的宝贝，我是你的宝贝、妈妈的宝贝，我还是布鲁克林的宝贝。”

更上层楼

1

说起来，许飞和刘越认识是因为游泳。许飞后来不喜欢刘越说到她们认识的过程，“说来好笑”，刘越总这样开头。

有什么好笑的？还不是怪许飞穿了连体四角的大红泳衣。而许飞自己，当时其实并不知道连体四角的游泳衣值得一笑。许飞七岁，刘越九岁，两岁的差距让她们错过幼儿园同窗的机会，没能在跷跷板的两头明争暗斗过，也没赶上分享一块橡皮糖——在这片居民区，女孩们如果在幼儿园分吃过一块橡皮糖，就意味着一辈子的忠诚了。许飞认识刘越，是在许飞幼儿园毕业、刘越二年级暑假。小学的女孩是不吃橡皮糖的。

刘越吃泡泡糖。在少年宫游泳池边，她吹了三个巨大的泡泡。泡泡再大，也没挡住她去看游泳池里那团大红——居然还有那样的游泳衣！刘越此后多年都对这问题百思不解。首先，那是连体的，裤腿是直角，而不是三角，因为许飞个头小，裤脚几乎盖住膝盖。然后，那还是带袖子的游泳衣，同样，本是短袖的设计，在许飞身上，就成了中袖。跟它拙劣的设计相比，那种饱满得让人疑心会在泳池中褪色的大红颜色，反倒算不上数一数二的缺点。

这件泳衣的主人呢，此时只是一个小小的红点，正在泳池里奋力前进。许飞正是在那个夏天学会了游泳，少年宫的教练认为她在游泳方面缺少天资，许飞的妈妈设法让教练给许飞开了几次小灶，许飞勉强开始能游上几米。许飞不知道教练对自己“缺少天资”的评价，她以为那个三十多岁的女教练天生就是个坏脾气——据说是退役的游泳运动员，没能进入市队。

刘越发现许飞的时候，许飞已经不需要教练了。因为理论上讲，她已经学会了游泳，只不过还需要一个“练习、巩固、提高”的阶段。在这个阶段，许阿姨就接替教练，对许飞提出每天游五个五十米的目标。许阿姨喜欢定目标，而那些目标都能有惊无险地实现。比如许阿姨让许飞进入这片居民区那所好一点的小学，虽然费了些力，许阿姨送出去好几斤纯毛毛线。

刘越叫住许飞：“嘿，让你妈妈别给你穿这件泳衣了，太丑了。”

许飞刚从泳池爬出来，全身滴水。一个大个子女孩，不认识的，用不好的语气跟她说话，关键是，对方说了什么，她似乎听懂了，但是她太害怕，便立刻忘了。

许飞就哭了，是张嘴大哭。她也就那时张嘴大哭过，后来说话都没露过牙齿。

许阿姨去小卖部买汽水了。等她赶回泳池边，许飞已经哭完了。

刘越为了让许飞不哭，给了许飞一块泡泡糖。许飞还没上小学，就已经吃上了小学女孩才会吃的泡泡糖。后来那种会把舌头染成紫色的糖，也是刘越给许飞的——许阿姨当然不许，紫色舌头让许阿姨气得浑身发抖。

刘越示范如何吹泡泡，许飞一学就会——这比游泳容易。许飞在吹出第三个泡泡的时候，听大个子女孩朝许阿姨说："这件泳衣，真是笑死人了，下次换一件吧。"

泡泡破了，盖了许飞一脸。她的脸也是小的，许阿姨说许飞是"瓜子脸"，算是夸奖。

"天哪，你怎么能吃这种东西，万一吞进肚子里，一辈子都不会消化的。"许阿姨说。汽水瓶放地上的工夫里，她又暗暗斜了一眼刘越，迅速在心中给了这孩子一个相当低的评价：粗野、没教养，而且，长得也太茁壮了些，像没修剪好的万年青，全身上下都是棱角。

许阿姨一把扯下许飞脸上的泡泡糖，像揭下一副面具，露出刚哭过的苦相。

许阿姨第二天给许飞换了泳衣——比那件也好不了多少，同样保守，仍然是连体、四角，款式上的改动只是短袖变成了无袖，另外大红色变成了鹅黄。

许阿姨在妇联做行政工作，算是干部，许飞就是干部家庭的独生女，许阿姨便一直按"干部家庭独生女"的想法，来打扮许飞。许飞小时候的装扮一直有干部气质。熟人们有时会惊叹，许飞活是一个小号的许阿姨。所以，许阿姨也是小脸、小骨架，但脖子长。她在夏天戴珍珠项链，冬天穿高领毛衣，也把项链掏出来放在毛衣外面。珍珠项链是有一年她们单位组织去北戴河旅游时买的，可能不保真，有时跟毛衣会出静电，噼啪地响。不过就要个点缀的意思，许阿姨认为。她在乎的是人前好看，但不能过分好看，免得被人说成“妖精”，或者“老妖精”。她那时还不老，但女儿已经七岁，所以她也算不得年轻。

刘越告诉许阿姨，这件鹅黄的泳衣仍然很糟糕，不过比那件大红的好些。许阿姨并不想理她，她不过是个小孩子。妇联机关工作多年的许阿姨，当然知道如何敷衍过去。但刘越太热情，她的自我介绍从名字、住址开始，一直说到刘阿姨和刘叔叔。许阿姨依稀想起，刘阿姨是她初中的篮球队队友。

许阿姨的职业令她对所有的妇女生活充满好奇，她想知道当年的队友刘阿姨如今更多的生活细节，以便判断她是否过得如意。如果刘阿姨的生存质量不如自己，那倒是值得开心一番的。刘阿姨当年在篮球队是主力前锋，三分远投的命中率总能让全场欢呼。许阿姨在球场上默默无闻，一直是后卫的角色，可有可无。她“拼不下脸”来，在球场上，凡事都得拼下脸。这个“拼不下脸”的评语是致命的，因此许阿姨后来惨淡退出篮球队。

刘越说：“我妈妈，她不工作，她不爱工作，她就爱跳健美操，我爸说她跳得没以前好了。”

“哦，这么厉害，跳健美操。”许阿姨当然不会说出篮球队的往事，那算得上她人生中不大不小的败笔。她乐于听闻刘阿姨没工作。

然而刘阿姨还能跳健美操——许阿姨长年在办公室坐出来的肩周炎和腰肌劳损，使她不可能做出任何健美操的动作，她现在连下游泳池的勇气都没有了。“我可能天生不适合运动”，她一般这样说服自己，以稀释当年篮球队留下的阴影。她自认不是拼不下脸，而是为着一个圆球也要拼下脸来，到底不值得。她不懂刘阿姨那么欢悦地投篮是为着什么。

“是呀，我们家我爸工作，我和我妈负责玩。”刘越又说了刘叔叔，工人，开吊车，能把钢铁从这么远的地方吊到那么远的地方——刘越得意地比画出她认为足够遥远的距离。

许飞从没见过吊车，她也从没听过哪个小孩用大人的语气拉家常。许飞父母跟她说话，都用小孩子口吻——如果他们没有提高声线跟她说话，那一定是许飞犯了错，比如那次许飞把搪瓷杯子往桌上放，用力了些，磕坏了桌面的玻璃板。玻璃板裂开，几道纹路像匕首，尖头正对着许飞的小胸脯。许阿姨就加重了语气、放大了音量，喊她的名字。“许飞！”许飞不知道许阿姨的声音原本就是这样，“女孩子家家，怎么不知道要轻手轻脚！”后来许飞就轻手轻脚了，连说话声都轻得像不存在。

“你叫什么名字？”刘越终于发现一直没张口的许飞。

“许飞，飞机的飞。”许飞小声说。后来有一次许飞又告诉刘越：“我妈妈不让我说飞机的飞，让我说，言午许，飞翔的飞。”

那天从少年宫回家的路上，刘越一直走在许飞母女身后——刘越并不是有意跟着她们，只是走着走着，她发现许飞母女在前面不远。刘越还发现，许飞母女走进一栋居民楼，就在自己家那栋楼对面。

两栋楼隔着四平路对峙，几乎一模一样，六层板楼，红砖墙面，映衬得路边的梧桐树格外好看。

刘越知道许飞就住在对面的楼里。以后，刘越就常能看见许飞。可能以前她们也常看见对方，但是人一般不会对陌生人产生太多印象。许飞也同样发现，自己是常能看见刘越的。两家都住三楼，窗外正好是梧桐树最茂盛的树冠部分，她们家中的阳光日影，便总是出现树叶的形状。

刘越和许飞做了好朋友。她们每天在梧桐树下见面，一起上学一起放学。许飞的短发下是粉红双肩书包，刘越从不背书包，嫌不好看，她也没有什么书要随身带着，她背上只垂着蓬松的马尾。她们手挽手走过四平路，有时到楼下还要站着多说一会儿话——站的位置总是固定的，为让树荫挡住她们，不被三楼阳台上的许阿姨发现。许阿姨总在阳台上看许飞是否按时回家——她是永恒的阳台神像。这是许阿姨向别人传授的“育儿经验”——从小就得注意，不这样盯着，有一天你后悔都来不及。为让许飞安静写作业，许家人从不看电视。电视机被床单盖住，因为怕大人终究忍不住。许阿姨告诉别人：“我们家一晚上三个人都读书，从来不看电视。”她可能也难于自制，所以得反复强调以提醒自律。

2

有一年，四平路上的梧桐树都砍掉了，剩下光秃秃的木桩，上面有水波样的年轮，不知道多少圈。刘越就坐在那些年轮上，跷着二郎腿告诉许飞，她得搬到镇上去了。说完她看了看许飞家阳台，没看见许阿姨神像般的半个身子——许阿姨在阳台上放了花盆，然后躲在花盆后观察。不过她不擅长种花，只种些万年青和盆栽石榴，都难看。

许飞知道那个镇，离城市很远。刘越会成为镇上姑娘吗？许飞见过那种姑娘，她们年纪轻轻就嫁人，生完小孩就来城里做保姆，四平路上的保姆都来自那个镇，她们身形壮硕得像男人，说话声敞亮，在菜市高声说笑雇主家的糗事。她认为刘越不该走，但是她想不出什么理由和办法阻止这件事。

许飞衬衣胸前那只小兔子，刘越认得，是个昂贵的品牌。刘阿姨无论如何也给刘越买不起一件这样的衬衣。

刘越说："我们家的房子要拆了，他们得了一笔钱，我不知道有多少，听我妈说，也不多，不过也够我爸去镇上开小卖部了，反正他也下岗了。要不是这笔钱，我那个外婆，她才不欢迎我们三个去住呢。”又说：“嘿，等我爸开了小卖部，我要什么有什么，你要多少泡泡糖，我都拿给你。你妈妈是不是还不许你吃泡泡糖?”

“那你怎么上学呢?”镇里会有中学吗?许飞不知道。

“我早就不上学了。我这段时间都在家待着，反正我也学不动，不可能考上高中，还不如省点学费。反正我上的也是补习班，按月交钱，我随时可以不去。”刘越说，“你可不要又教育我呀，我会生气的，我最烦上学了。我来找你，就是，挺舍不得你的。喏，吃个泡泡糖吧。”刘越的泡泡糖也是别人给的，四平路的小青年们裤袋里总有一把泡泡糖。

许飞有点羡慕刘越不必禁受自己正禁受的痛苦——她很努力学物理，但没什么用，物理分数每况愈下。她恐慌地认为自己一辈子就快要毁了，除非地球毁灭，不然没什么力量能拯救她。许飞想象不出自己长大会是什么样子，也许就像父母一样，在办公室上班，爱好是翻看存折，为养老和子女教育资金在计算器上按个不停——许阿姨就是这样做的，计算器有时让她皱眉，有时让她微笑。许阿姨会告诉许飞存折密码："我只告诉你，你爸爸都不知道。"许阿姨总是隔几个月就改一次密码。

许飞似乎只有刘越这一个朋友，因为她"得把心思放在学习上"。但她发现自己根本就是一个没心思的人。

刘越又说："你还是继续读你的书吧！你学习那么好，将来肯定比我混得好，我就指望你了。"

许飞不喜欢"混得好"这个说法。"那你会一直住镇上吗？"她问。

刘越惊讶地说："当然不！怎么可能？我以后肯定会住大房子，生活在更好的地方。"

之后两人告别，各自回家。

许飞回家才发现许阿姨和许叔叔心情都相当好。他们甚至打开电视机看《三国演义》电视剧。许阿姨说："我们这座楼太幸运了，不会被拆，这条路都拆对面：我们这边不拆。"

许叔叔说："当然不能拆，我们楼里住的什么人？干部居多。要拆哪那么容易，不像对面那个楼，都是下岗工人，说拆就拆，谁管他们呢。"

“我听说，拆迁没赔什么钱，一笔买断，什么也不管。”

“这样最好，要不那些人每天没个正经工作，就在街上惹是生非。想想就害怕，以后别让许飞自己上学了，好歹送一送，下岗工人那些人，可是不管不顾的，谁清楚他们会做出什么事来，前几天不就有老太太被抢了吗……”那个老太太被抢走两百块钱和四个馒头，所有人都知道这事，因为老太太报了警，警车开进了四平路，这是大事。

“是的，这阵子我也这么想，等过一段那些人都搬走了，就好了。”许阿姨说，“希望拆了房子，他们就搬走了。”

“我们多幸运哪，这么黄金的地段，要搬走，可就回不来了。”

“要不是我当初想方设法让你转了工人身份，现在还不跟他们一样。”

“那哪能一样呢？这座楼还是会留下来的。我就喜欢红砖楼，看着舒服。”

“就是外面的树，被砍了些，要不，更舒服。尤其我们三楼，喏，看出去都是绿的。”许阿姨的下巴抬了抬，对着窗户。

“树砍了，还是会再栽上的嘛。”许叔叔咂口茶。

许飞回到自己卧室，往对面看。她经常这样做，但这次有些不一样。没有梧桐树冠遮挡，刘越卧室的窗口，似乎离自己近了些。许飞希望刘越能出现在窗前，但没有。那扇紧闭的窗户，挂着紫色窗帘。她还看见，对面楼的一些房间，已经空荡荡了，反而对比得那紫色窗帘孤零零的。许飞卧室的窗帘是米白色，像没写字的作业本。

她突然看见那紫色上现出一张人脸，吓了一跳，然后她明白那是自己的脸。隔着一条路，她的脸显得更小，模糊成一团惨白，五官不见了，身子也没了，她看着自己的脸鬼脸般挂在对面窗户上。

她飞快地拉上窗帘。高楼似乎在她四周拔地而起，把影子投在米白色窗帘上，仿佛随时会蹿进来的巨兽。不知道是鸟还是树枝，在那影子里快速闪过，像所有一晃而过的梦。

刘越没有立刻回家。刘叔叔自从下岗后，因为无法制止刘阿姨去跳“最后几次健美操”，每到晚上总有些气急败坏。刘叔叔多年的职业习惯令他在白天精神萎靡，到夜晚则十分抖擞。刘越不得不在晚上躲出去，好在她的男朋友小伍在电影院上夜班，是检票员，接他爸爸的班。刘越没再上学也是因为小伍，小伍上夜班，白天有很多时间追刘越，而刘越正好需要一个男朋友。小伍检票员的工作看上去过于容易，容易到让刘越瞧不上。一个人怎么可以这么轻松就拥有巨大的权力：可以判决谁能进影院谁不能进。刘越也不是那么爱小伍，他比她大八岁，也在四平路长大。小伍家楼没被拆，所以刘越只能独自面对拆迁和离开的命运——他们无法分享其中的感触，又不得不面对必然分开的结局。

小伍像平时一样，在电影放映之后的黑暗中，和刘越并坐在他们的老位置——靠近安全门的座位，因为太偏，很少有人坐。小伍胆子小，所以必须坐得离安全门近。“这个电影院发生过火灾，好多年以前。”他每次都这样说。还有就是万一工作上有什么事，比如组长叫他，出去也方便。

小伍这天拉了刘越的手，说：“嘿，你走之后，我真不知道该怎么办。”他看了太多电影，虽然那时能看的电影并不多，但也让他学来些甜语蜜言，这些话在四平路是没人说的，光天化日说来总是做作，但在电影院可以说，毕竟这些话有种舞台效果。

刘越抽出手，说：“你可以再换个姑娘。”其实她正跟他想着同一个问题，她不知道他们是否能熬过分离。她猜他会在电影院和别的姑娘拉手，她也不是太难过。

“要不你别走了，你留下来，住我家，我们可以结婚。”小伍说。

“呸，我才十六岁，还不到年龄。而且，我一点也不想嫁给你。”

“那你可以找个工作呀，反正你也不打算上高中了，在城里工作，总比去镇上强。”小伍压低声音。电影是部爱情片，梁朝伟那么帅。

“我也不想工作。”刘越说。

“你这人，这也不想，那也不想，你到底想什么？”小伍觉得黑暗中，刘越似乎从他眼前消失了，只留下一团模糊的影子——她对一切都这样模糊着，随便，无所谓，她什么也不想。

“我就愿意什么也不想。你们为什么非要我想点什么？”刘越说不好自己是对小伍生气，还是对许飞生气，可能都有。他们都认为她的人生出了问题，处在灾难边缘，一种厄运里，可是她没有。“你们是不是都忘不了提醒我，我过得很糟糕？”

刘越这天没有看完那部电影，独自回家。她不知道梁朝伟是否在结局追回了他的爱人，她只好在独自回家的路上为那半部电影编造结局。她想“结局”是什么？不都是一些无聊的人编造出来的吗？凭什么她就不能编一个？她顺便也为自己和小伍的关系编了个结局。

到楼下，她看见黑咕隆咚的楼，墙面写满电话号码，那些号码属于开锁王、男科医院和高利贷，仿佛一夜之间出现的。字迹拙劣、丑陋，就像四平路一样，弯弯曲曲拼凑在一起。连日来围绕拆迁和搬家的话题，整栋楼的人都显出一些不正常。有个老太太心脏病发，进了医院，救护车来的时候，老太太连鞋都没穿，担架边缘挂着两只黑乎乎的光脚。一些工人去区政府门前拉了横幅，白底黑字的。还有她，从学校退学了，楼上楼下说起来，都是“不要学刘越，从小就没正经”。他们都认为自己失去了一切，但仍互相看不上。他们尤其不想失去的，是这幢写满男科电话的楼。

刘叔叔在家整理行李，家里东西都换了位置，刘越从满地杂物中勉强找落脚处。

刘叔叔说：“家具只捡小件的带，日用品只带常用的。”

“剩下的呢?”刘越问。

“留在这里，等拆房子的来。”

“爆破?让它们被炸掉?”

“不然呢?你外婆家只给我们两间房，可放不下这些东西。这两间房，还是你外婆恩赐的，见了外婆，你可得嘴甜点。”刘叔叔对自己去做上门女婿的事情并不高兴，但总是个办法。那个镇他是不了解的，好在是个新开始。他似乎还能从头来过。当初他的职业令刘阿姨全家仰慕，“工人好，铁饭碗，又勤快，还有力气，修个水管钉个钉子都不求人”。刘叔叔不会修水管，但他也许应该保持这种工人阶级的骄傲，免得他们看低他，日子一长，都真当他一无是处了。

“也好，我们去‘那边’买新的。”刘越说。他们把外婆家叫“那边”，四平路是“这边”。之后他们又改过来，把镇上叫“这边”，四平路叫“那边”。然后又改了一次，是他们又搬回四平路后。

“你去收好你自己的东西就行，不能超过两个纸箱，要不车上放不下。”刘叔叔已经开始刻意表现出傲慢了。

“这个容易，但我想明天再弄，今天我太累了。”

“你今天去做什么了？”

“我今天一直在说，再见。”

“哦，跟你的朋友告别去了？不过我今天没有说再见，我一直，在抢救，这些东西。”刘叔叔可能正在把一些箱子摞在一起，听上去很吃力。谁说工人就该一身横肉、全是力气的？他是靠技术吃饭。

刘越躺在床上，想着“抢救”的说法，这很精彩。她是不是也是需要抢救的东西呢？那她宁愿就这么躺着，直到爆炸那一刻，一了百了。她躺着往脸上涂面霜。面霜罐子里只剩下一小点，她喜欢这个罐子，得记着带上，镇上可能没有卖的，但瓷罐子摸上去滑腻腻的，她先用手擦，越擦越滑。她干脆撩起床单一角来擦，反正都要走了，谁还在乎床单？人还是躺着，只是怎么也擦不干净。罐子滑脱出去，掉在水泥地板上。她听见那声响，吓得一哆嗦，知道肯定是碎了，满地都是瓷片。她没起身看，懒得看，碎了的，就碎了。

3

事情是从爆破开始的。许飞没去看爆破，但她也听见那轰的一下。当时她在课堂上和所有人一样昏昏欲睡，那一声把大家都惊醒了。

定向爆破，可以控制房子倒塌的方向。这话题在每家餐桌上都谈论过一段时间。他们等这声音，等太久了，不再欣喜了。

那天下午放学路上，许飞便看见了废墟。一些工人立在废墟里，不知道做着什么，她觉得他们什么也没做。少年宫曾经的绿色墙面上的马赛克，像废墟里迸出的油星，使一路上都星星点点地有绿光。如果角度合适，夕阳会让那些马赛克闪闪发亮，男孩们埋头捡拾马赛克碎片。走过很远，她回头看，废墟就像牙床缺了颗门牙。

刘越却是见识过爆破的。她搬走之前还告诉许飞："少年宫的游泳池已经没有了，拆游泳池的人也是马上要拆我们家的人，你去看他们拆房了没有？太厉害了，爆破，轰一下，就没了，我当时就在爆破现场，真的很厉害的，不过他们不让我们站到绳子里面去。小伍想进去，但是我害怕，我没让他进去，他笑我胆小。我胆子可不小，你知道的。你没看见，太可惜了，像地震一样，不过我也不知道地震是什么样子。对呀，我们家这座楼很快也会爆破，到时你可以看一下。不过到时我就看不到了。”她扬扬得意强调着“爆破”两个字。

“可是，爆破的是你家呀?”许飞提醒刘越。

“那有什么?我还会有新家呀!”刘越为所有的事情得意，包括爆破和泡泡糖。

刘越家的楼爆破那天，是周末。许飞倒没因为上学错过爆破。但他们接到通知，需要提前疏散，“要避免意外伤害”，因为上次爆破造成了一些不必要的意外。

许阿姨如临大敌，为许飞和许叔叔都做了多重“防护”。许飞带着一个大头盔，许阿姨从一位开摩托车的同事那里借来头盔。许阿姨把家里所有电器都用绳索固定住，“冲击波会把电视晃到地上，到时候可没人赔我电视机”。电视机和冰箱都被绳子五花大绑，看上去很滑稽，都像无辜的犯人在等待凌迟。许飞穿了很厚的棉衣，尽管天气并不冷，他们都戴上了白棉线的劳动手套——她认为这不是必需的，毕竟他们都会坐班车去几公里外的体育场暂避。她不知道那里能不能见到一栋楼像被击毙的人一样，伏身倒地的全过程。

仍然是一声巨大的响，把体育场的人都震得从地上弹了起来。耳朵里的轰鸣声久久不散，混杂在人群的嘈杂议论中。

她什么也没看到。

晚上再回家，家里一切如常，许阿姨又忙着给电视机松绑，但仍用床单盖住，把玻璃杯从塞满泡沫纸的箱子里拿出来喝水。许阿姨一连喝了好几杯水，不停说着：“还好，还好。”似乎刚刚经历了一次战争。保卫一个家，可不是战争嘛。

许飞去窗前，看对面大片的砖石废墟，就像个巨大的坟堆，坟堆上依稀可见散落的家具木头残片。简单的清理工作还没开始。爆破产生的冲击波将一些碎小的石块送到许飞的窗台上。“是刘越家的一部分。”她收藏了一小块，又觉得无用，就放在桌上，直到第二天被许阿姨打扫时扔掉。

可能是从前的一些住户，回到了废墟上，也可能是这城市四面八方的拾荒者，都前来寻宝。夜色中，废墟上的人影，很长时间都没有散去。有人砸坏一些玻璃制品，可能是酒瓶，不停有玻璃碎裂声；有人在唱歌，嘿嘿哟哟听不出调子。天光灰白，太阳会在几个小时后升起，然后又是新的一周，许飞需要早上八点出现在教室，翻开英语单词本大声朗读。新的时间总是从眼皮底下开始。

4

在镇上，刘叔叔的小卖部经营不善，小本生意，收入少，耗时间。他又不勤勉，理由是太勤奋了会被亲戚们指使，给人家做义务劳动，于是他开店晚、关门早。小镇也有几家私人开的超市，规模不大，卖的东西半真半假。镇上人无所谓，只要能用，假货更实惠。刘叔叔的小卖部不卖假货，这是他的自尊。他定价高，货物总是不全，渐渐没人光顾，半年之后索性转手给人家，一来二去不赔不赚，刘叔叔引以为豪。他说现在只适合韬光养晦，每天睡大觉。他工作几十年，正好给自己退了休，只是没退休金拿，其他都一样。刘越的外婆倒是心善，就是舅舅们脾气大，指责刘叔叔这个上门女婿不交伙食费。刘叔叔干脆跟他们分了伙，自己给老婆孩子做饭。镇上用煤气罐，为省煤气不炒菜，只是用最小的火苗煮粥，就着煮锅吃，省了洗碗。刘越毕竟是外孙女，外婆心疼起来，就给她开小灶，老人家喜欢软糯的东西，口味清淡。刘越口重，从小就是。于是她自己想办法，镇上的男孩们不难打交道，她没多久也经营起一个天下。

刘阿姨生活得不错，尽管镇上没人跟她一起跳健美操，但她也重逢了几个幼时玩伴，都无所事事，成天想着打发时间。打麻将她没大钱，几角输赢也能混过一天，何况她会抵赖，让人动手动脚占点小便宜，就还了赌债。她倒是不愁吃饭，为保持体形，她在麻将桌上蹭块米糕就能过一天。她住回自己小时候的房间，隔壁是三个哥哥，都成了家，养了一堆孩子。刘阿姨是家中脾气最大的小姑子，没有嫂子敢给她难看。刘越的舅舅舅妈们只是对刘叔叔不满，因为就他是外人，人前人后说两句，刘越也偶尔听见。

刘越在镇上的河里游过一次泳。体验不好，河水脏，男孩们都对她打口哨。镇上的日子太长，连日落都比城里晚。十八岁生日似乎遥遥无期，永不到来。

这段时期，许飞在高中为体育居然要考游泳而烦恼。因为许阿姨说："这么多半大孩子，正是出事的年纪，什么不穿，还待在水里，毕竟不是个事情。体育测验什么不好？偏是游泳，说什么素质教育，还不是要一样高考，什么时候高考取消了，就让孩子游泳去。"

许飞说："体育考不过，我连高考资格都没有。"

“幸好你小时候我让你学游泳了。”许阿姨说。她打量女儿瘦小的身形，心想如果她站直些，不那么佝偻背，也许还能显得挺拔些，但许飞是肯定穿不上小时候的泳衣了。

“我可以借同学的泳衣。”许飞知道许阿姨精打细算的，不过是买泳衣的花费。许阿姨也确实总看着存折发愁。因为许叔叔虽没下岗，但留职停薪后，几乎没了收入，他和几个朋友办了份同人刊物，还是这份没读者的刊物的主力，每期都写文章。

许阿姨说：“说什么呢？泳衣也是可以借来借去的吗？都是贴身穿的，传染上什么病怎么办？我明天就给你买去。只是商城没什么能接受的款式了，都是三片碎布，还那么贵。”

许阿姨最终买来的是件蓝色连体泳衣。那种蓝色，在水里就不见了，倒是符合许飞给人的印象——就是无法留下印象。

新的一栋楼正在许飞家对面拔地而起，已经盖到十八层。下午，许飞家就陷落进那未完工的建筑投下的形状古怪的阴影里。窗前梧桐树虽还在，地板上再也没有树叶形状的日影。下午两点后，许飞家就沉入地底。许阿姨就看那些工人，在脚手架上灵活上下——每一个都能上到最高层，朝她扔下一截带火星的烟头。

“哎哟，什么都往下扔，怎么不把你们掉下来!”许阿姨埋怨，说完又害怕真掉下来一个。这些半大孩子，都不是本地人，又不是他们要盖高楼。他们当然听不见她说什么，仍在她的高处，夏天光着上身，或敞着衬衣。

许阿姨听说这栋楼要盖到二十八层，是全城最高建筑，当然也是最好的、最贵的房子，几万一平方米的价格只为“你值得拥有”——那栋楼的名字。传闻越来越像真的。什么样的人会住进去？当然不是他们这样拿工资的家庭。

5

刘越去镇上外婆家只住了两年，就独自回到城里，因为她终于十八岁了。刘越回城后没去找许飞，顾不上，新开张商场的服装导购刘越，确实没太多自由支配的时间，何况她还得谈恋爱。她和熊旭东同居了。为解决吃住问题，工资自己留下，不给父母一分。城里各种新奇的玩法都需要花钱，比如没人再去老旧的电影院了，电影院在拆迁重建名单中靠前的位置。现在流行

KTV 和酒吧，刘越对这些事总有无师自通的天赋，这种特质被熊旭东认为是聪明有灵气。她也没去找过小伍，路过电影院她猜，小伍应该回家待业了，那就再不会有姑娘给他拉手了。

许飞这时正在度过她乏善可陈的大学时代。她勉强考了个本科，学会计。许阿姨更想让许飞念计算机，那一年计算机是最热的专业。许阿姨工作的妇联新来的年轻人就是学计算机的，为办公自动化特意新招来的。他们一来就设置了办公系统和网络，让网络取代了许阿姨多年上传下达的工作。许阿姨不过勉强靠年龄保住脸面，现在单位的工作不太需要她，但反正也没人能把她开除，她还是单位最老的资格。许阿姨有熟人在银行工作，允诺她只要许飞学会计，毕业后的就业，他包了。许阿姨就替女儿填了志愿，只恨不能填个更好的学校。她自己当年也有同样的恨。

许飞的大学就在这座城市，这是许阿姨唯一满意的部分。周末，许飞必须回家住，否则许阿姨就去学校，号称带回脏衣服。现实是许阿姨有太多闲暇，她宁愿在公交车上熬两小时，也不愿在家看对面“你值得拥有”的楼。那里进进出出着城市新贵们的汽车，许阿姨在家总能看见对面那些落地窗，整座楼铺满了落地窗，褐色玻璃像咖啡般神秘。那边的生活真是不一样的。如果当初拆的是这边，那她的生活也就是那边的生活了。

许阿姨知道，“你值得拥有”的楼中央，是有游泳池的。她从没见过，因为她不是那边的住户，不被允许进入。三五个保安长年在高楼入口处把守，他们会分辨来客是否是“你值得拥有”的住户。许阿姨其实对游泳池并不好奇，她只是不理解，人们怎么做的？在楼中间挖出一个坑、再放满水？

每个周末，许阿姨都准备盛宴——也不过是炖个鸡汤。许飞的成绩勉强，哪怕她已经有了在银行就业的人生，但旦夕祸福、天意难测，许阿姨得小心翼翼保证一切如意、不出差错，许飞至少得以看得过去的成绩拿到毕业证书——许阿姨希望鸡汤能为此帮些忙。

走地鸡们轮番牺牲掉，化身一锅又一锅覆满黄油的鸡汤，冒着农耕时代的腥气。许飞每周坚持喝下，只是为避免许阿姨大惊小怪。许阿姨认为许飞如果周末不回家喝汤，那一定是恋爱了——如果不是恋爱，为什么会有反常举动？这逻辑强大到毫无破绽，许飞无法击破。她不可能恋爱，因为她得在周末回家喝鸡汤，她必须错过大学里所有人都恋爱或狂欢的周末。

许阿姨就是去买鸡的时候遇见刘阿姨的。她多年来都在同一家店铺买鸡，只有这家的鸡是活的，可以选中哪只，现杀，图的是可靠、新鲜，以后就没有活鸡可买了，它们都在冰柜里，看不见毛色是否光亮。四平路的菜市场正在被疏散前夕。城市里所有东西都不可靠了，都换一个重来，办公系统换掉，菜市场拆了重建。电影院已经拆过了，改成游乐中心，配套彻夜轰鸣的电子游戏机房。

许阿姨看中了一只红毛公鸡。但老板替那只公鸡道歉，说不好意思，这只鸡有位太太提前定下来了，就是这会儿手上事多，没来得及宰，一会儿人家就来取。

“万一人家不来呢？你这老板，做生意不能这样，只有我不买的，还能不让我买？我就等着这只鸡，我女儿好不容易等到周末，回家好补补，是大学生，学习费脑子呢！”许阿姨笑着说，大学生几个字不值钱，但说出来仍然好听。她一只手下意识摸着自己的长脖子——脖子上不再有珍珠项链，光秃秃，什么也摸不着。珍珠项链戴久了，断了线。不过这年纪就光秃秃又何妨，穿金戴银可不是许阿姨的风格。

说话间，那人就来了。老板手忙脚乱地准备杀鸡，连忙道歉说稍等，今天生意好，耽误了太太的鸡。

“是耽误了这鸡的死期呢，老板是积德呢。”声音响脆，恨不得惊起一屋子鸡都啼鸣。

“我还当是谁呢，原来是刘阿姨。”许阿姨说。她随女儿也管刘越的妈妈叫刘阿姨。刘阿姨早几年回了娘家镇上，想必如今作为回迁户，又回四平路来了。从前他们都不知道还有回迁户。

许阿姨愤愤不平，不只为这只死到临头的鸡。

刘阿姨虽然老早定下这只鸡，但也去四邻的店铺都露过一遍脸，现在刚回来。“大姐，你怎么知道我婆家是姓刘的？”刘阿姨还没有认出许阿姨——也难怪，许阿姨赋闲之后就发福了，肩周炎让她后背堆出更多脂肪。许阿姨一直是短发，后脑的头发有时烫卷，免得稀疏的头顶露出头皮。但这天许阿姨是许久都没有烫过头的，直发贴着头皮，间或有花白的一两根支棱起来。

叫大姐是客气了，本来该叫大娘——刘阿姨这样想。

刘阿姨穿绿色十字呢小外套，掐腰设计，裤子与上衣同色，像棵鲜葱。这一身都是商场打折处理的样品，绿色衣服不好卖。衣服洗净熨过，主要熨袖口那个品牌标识，表示是好货。

许阿姨说："大刘，你不记得我吗？我是小许。"她笑眯眯地，在心里把眼前的"大刘"五马分尸过几回。

大刘？小许？刘阿姨总算记起许阿姨，这些年做实验般精准地养了个女儿许飞。刘阿姨看许飞，不觉得特别，也像她妈，是小秤砣身形，让人疑心走路都会坠进地里头。

刘阿姨做惊讶状，没忘了跟许阿姨拥抱。"哎呀，可想死我了。"她猜许阿姨一定知道她回娘家住了两年，然后又中彩票一般回了四平路，这样想着就没注意许阿姨往后仰去的头——许阿姨不习惯这夸张的贴面拥抱的做派，不知道是镇上女人的习惯，还是跟电视上学的外国人作风。

刘阿姨说："原来是老街坊、老同学，我走了几年，你们都把我忘了，好在我现在又回来了。"

许阿姨是听说过回迁户的，但眼前直挺挺站一个回迁户，感觉还是酸楚——这回迁户还高挺着胸，像那只该死的公鸡。许阿姨道："回来好，回来好，还是四平路的老街坊好。新搬来那些人，都不认识，不知道什么底细呀。”

刘阿姨说：“总不过是有钱人，没钱也住不了那房子。”——但她自己却是例外。

一阵刺耳的鸡鸣，那只公鸡大概在后厨被抹了脖子。

许阿姨笑：“老板说有个太太定下了这只鸡，我还当是新来的太太呢。”后一个“太太”说得语气古怪。四平路多有传闻，“你值得拥有”的楼里住了七八个年轻女人，肤白貌美，白天歇息，晚上工作。晚上能做什么好工作？

刘阿姨没听出别的意思，只说：“嘿，闲着也闲着，我们家刘越想吃辣子鸡，我说太费事，她说妈你只管把鸡买来，我来做。现在年轻人，什么都从网上学，连做菜做饭都从网上看。我倒要看看她做出个什么西洋辣子鸡来。”说完自然要提到许飞，问许飞近况。

许阿姨谦虚起来，说：“还是刘越出息大，样样都会。我们许飞就不行，现在上大学，比中学还学习紧张。对了，刘越在哪儿上大学？”她这句古怪的语气，落在大学两个字上，但用力过猛，把全部力气压上了。

刘阿姨说：“上什么大学呀，不过在家做点小生意，上学又上不出个前程来。女孩子呀，就是在家好。”她快速说完，又表示要谦让那只鸡，说：“还是给你买去好，好给大学生吃。”

许阿姨不让，没来由的好意，她不拿，况且就根本不是好意。

刘阿姨也不推让，只结了账告别。“来我们家玩哪，叫许飞也来，新房子太大，我也无聊，新邻居又不认得。”

许阿姨应承着，但她不是那边的“太太”，她不去那边。

许阿姨没买成鸡，回家一路上都在后悔。到自家楼下，对面高楼的阴影让这边门洞阴森森像寒冬腊月，她竟然打了个寒战。

许叔叔正好回家，在楼梯口遇见许阿姨。她恍惚着，像被灌了迷药。四平路上发生过迷药的事，那些人跟你说话间，你就供出了存折密码。许叔叔疑心许阿姨也中了招，就伸手戳戳她。她一个激灵，开口就嚷，鬼呀。

许叔叔那天出门是钓鱼去了。他原先参与的同人刊物缺少经费，不了了之。他们一伙同人便组了同人钓鱼会，成日去城外水库钓鱼。一两天也没两条鱼上钩，钓上来的鱼也都是瘦小得像风干过一般。许叔叔说钓鱼是桩雅事，不问收获。但如果哪天有收获，哪怕是小鱼，他也当仁不让，带回家炸了，下酒吃。这天许叔叔的鱼竿收起来背在后背，只在脑袋后方露出高高一截圆筒——从许阿姨的角度看过去，只见个轮廓，确实如鬼，大头鬼。

“我当你被迷药迷了呢，存折密码没告诉人家吧。”许叔叔说。

认出大头鬼其实是许叔叔后，许阿姨悲从中来。“告诉人家也没事，存折上也没几个钱。我巴不得告诉人家。”

许叔叔早习惯她这番控诉：看那边的人家，再看我们的房子，一条路分两边，怎么就是咫尺天涯呢。

他自己并不那么羡慕“你值得拥有”楼里的人，新房旧房不过都是睡五尺的床，人得知足。可惜所有人都从不满足，世界就在人类这种永无止息的不满中，分开又重组。他自信自己过得风雅，但后来“你值得拥有”的人也有几个加入了同人钓鱼会，他才开始耿耿于怀。

“不过，我们房子也涨钱了，我们看得长远点。”

他说。

“涨钱又怎么样？再涨也涨不过那边。我们又不能把房子卖了，跟你一样住水库边上去吧？”许阿姨听说，惨绝人寰的是，他们住的红砖楼永远不会被拆除，因为新出的政策有“保护城市风情老建筑”的缘故，她永远也做不了回迁户。她住着几十年的“城市风情老建筑”——她只看出老来，看不出风情。要不是那边对比着，红砖楼本来不显老。

她拎着买回的菜，虽说袋子里少了一只鸡，但她破费买了排骨。都交许叔叔拎着，因为她只觉手脚无力，爬不动楼梯——那边的太太们，还有电梯可坐，越想，脚上越没力。

许叔叔走前，她在他身后，看他弯腰爬楼，背上是渔具的圆筒，像背了个火箭炮——只是不能点了火、喷着气，带上她，一飞飞到三楼去，不，她得飞到二十八楼去。

刘阿姨倒是坐电梯回二层的家的，见刘越仍在床上睡觉，她把鸡肉撂下——已经宰好、切块，只需洗净就能下锅——就去掀了刘越的被子。刘越成天穿件紫色睡衣，薄薄一层化纤面料，露出嶙峋的身架子，架出一副晃眼睛的人形。

“你要的公鸡买回来了，喏，屁事不干，成天就会支使你老娘。”刘阿姨这天也不过去买了趟菜——所有家务她独爱买菜这项。在菜场的女人间，只她是住“你值得拥有”的太太，虽说手里菜钱仍要算计着用度，但她还没发福哇，所以她还是值得拥有“菜场女王”的地位的。

刘越伸直四肢打哈欠，想扭头去看天，但没用，这房内总是昏沉沉，像有人在外面撑起一挂暗色纱帘，笼住房内小宠物般闹喳喳的人家。不止刘家吵闹，二层三层的回迁户们，都不安宁——本以为回迁是天上掉的馅饼，但这馅饼里的馅，却是馊的、臭的，吃不下，也不舍得丢掉。

“你能有什么正事，这么大个人，也不去上班，也不嫁人，只会挺尸，挺尸就挺尸，没听说挺尸还要吃这个吃那个的……”刘阿姨说。

刘越翻了个身，接着摆弄手机，说道：“也不晓得是谁从没上过一天班。”

刘阿姨穿过客厅——这客厅出奇长，且不通透，更像一个硕大的衣柜——飞蛾一般跌跌撞撞往窗前奔去，其实也不知为何，也许就为看点光亮。窗外是中央天井，天井中心小小的游泳池，蓝白间杂的瓷砖，砌成一个半圆。四月天气，泳池边一排长椅上，都是穿比基尼的长腿女孩——她们不知从何而来，也不知每天做什么去，总是成天在泳池边，水鸟般闲庭信步。刘阿姨离她们很近，那些莺声燕语令她想起，自己还跳健美操的时候，那时她丝毫不输这些“水鸟”。可惜现在她做不成“水鸟”了，她是关在笼子里的丑小鸭。

刘越起床，叮叮咚咚在厨房弄出声响，喊：“别看了，再看也看不出个女婿来。”

刘阿姨赌气把窗帘全拉开，又开了灯，白灯泡是最简单那种，三块五一只。这房子没装修过，装不起。

“对面楼那个许飞，人家已经是大学生了。我今天遇着她妈，老得跟个核桃一样，女人真是不禁老。”说着，刘阿姨又去看那些“水鸟”，“她也想买鸡，一个劲儿说人家大学生需要补脑子。”

刘越不意外——许飞如果没上大学，那才算是意外。刘家母女不过是在互相刺激对方痛处，这是从刘阿姨赶走熊旭东开始的。“他有一万个心眼，还都是为这房子开的眼。”刘阿姨说熊旭东，她认为刘家就剩下这套房子，不能随便来个男人就得了去。“那我们可以搬出去住。”刘越夸下海口，但拍胸脯前她忘了征得熊旭东同意，而他显然对搬出四平路的建议非常紧张。“我租那房子房租又涨了，租金交那么多，不划算。而且租房的条件也不好。”刘越还想争取，但刘阿姨已经骂走了熊旭东：“赶上家来做倒插门，年纪轻轻就想着白吃白住，天下哪有那么好的果子给你，老娘倒要叫你吃吃好果子。”

刘越自那之后就懒得出门，熊旭东也没脸再上门来。好在还有手机，他们发了一阵子短信，之后都觉得索然无味，渐渐断了联系。她可以通过手机跟几个网友联系，但每到对方提出见面，她就再不回复。她知道一切毫无新意，不过是另一个小伍或熊旭东——跟他们迟早因为房子分开。刘阿姨如今相信全城男人都想住这房子。刘阿姨说：“如果不是因为房子，那些有正当工作的年轻男孩，凭什么会爱上你这个初中毕业生？没正当工作的，更要这现成的房子了。”

刘阿姨还认为，刘越看上去一辈子也不会去工作，和她自己一样。但她当年还找到了刘叔叔——他们在舞厅里认识的时候，刘阿姨一无所有，什么都不怕失去，因为年轻。现在刘越也年轻，却有套昂贵的房子——虽然户主是刘叔叔，但迟早是刘越。刘越是金缕玉衣里的稻草人，颤巍巍撑着自己昂贵的身价，难怪她每天躺着，因为撑得太费力。

刘越和刘阿姨似乎都抱定一种信念，要天荒地老守着这六十平方米的房子——这是刘家多年最大的福祉，大到把一生不劳而获的好运都用光了。当初拆迁，刘家得过赔款，但这些年只出不进，他们竞争着坐吃山空，都等着对方无法忍受的时候出去挣钱。刘越认为，在和刘阿姨的这场竞争中，自己肯定是胜利一方，因为无论如何她都比刘阿姨年轻，耗得起。而刘阿姨也认为自己能把无所事事的生活继续下去，她本就已这样过了一辈子了。

“女人不禁老哇……”刘越重复刘阿姨的话。

刘阿姨意识到自己又输了，“禁不禁老”的话题于自己无益。“大学生又怎么样，还不是挤在破楼里，你看对面那个墙，那种楼怎么住得下去?”刘阿姨又回窗前，看对面的红砖楼，墙面在风吹日晒中斑驳，红砖褪了色，剩下的，是残红，深浅不一的残红。

刘越继续回床上躺着，看手机上五花八门的新闻，有老妇整容了，疑似二十出头的少女；有老头杀了妻，被审讯时宣称，是若干年后的自己穿越来现在行了凶……人们并不知道这些铤而走险的冲动向来无益于生活本身，因为一切都由命运注定。

刘阿姨在窗前喟叹："我们这边倒是高，只是我们比原先却住矮了一层楼，什么都没改，但什么都不一样了，早知道不该让他们拆，拆来拆去，不过多装了些人进来，也不知道都是哪里来的人，奇形怪状的……"

刘叔叔这天回家时，左脸流着血。细细几道红线，胡须一般在脸上勾出个"川"字。

"今儿这又是为哪般？"刘阿姨站窗前，身影在逆光中泛着一圈没来由的光，佛像般纹丝不动。刘叔叔只听她脆亮的嗓子说："上星期就打了人，是不是人家报仇来了？你跟他们打什么？你惹不起还躲不起吗？成天催物业费，那么高的物业费，这房子倒比我们三个人金贵。"

刘叔叔去卫生间清洗，没开灯，为省电，卫生间无窗，却也挂了帘子，模仿成有一扇明窗的样子。薄薄一层塑料帘子后，是坚固的水泥墙，也是毛坯，没粉刷，刷不起。墙那边是另一户的卫生间，也挂着同样廉价的帘子。

刘叔叔关了水龙头，才说："真要是物业还好喽，那些人，都不知道是哪里来的。"

刘阿姨款款移步卫生间门口，仍是逆光站着。这房里所有光线都是逆向的。

刘叔叔说："我们几个刚进电梯间，那些人拦着，不让我们进电梯，说三层以下不让用电梯，三层以下，不都是我们这些老工人吗？"

"难不成是楼上那些人？"刘阿姨道。回迁户和楼上业主的矛盾由来已久，双方都自认是名正言顺的主人翁，看对方都是不明不白的非法入住者。

"当然是楼上那些人，原先撺掇物业来，现在好了，人家亲自出面了，成立了业主委员会，全是他们的人，定了规矩，说三层以下不能用电梯。凭什么不能用？他们说了算吗？"

"欺人太甚。"刘阿姨靠着门。

"可不是，我就跟他们打，我说我们二三层，也该立规矩，不让二十层以上的人坐电梯。这还不容易？"刘叔叔避而不谈"回迁户"几个字，在刘家，这三个字需谨慎回避。他们默认这三个字有低人一等的含义。可不是，连房子都在人家下面。

刘越听父母在卫生间内外说话，一里一外，一明一暗，却声气相投——怒气都往上走，往二十八层的楼顶走。“你们小点声，没交物业费，本来就是我们的不是。”她说，声音却比父母还大。

“谁交得起？”刘阿姨答。

刘叔叔说：“我有法子。好多人都去钓鱼，水库里的鲤鱼草鱼，现在卖得好。”

这座缺水的城市，本来没有鲜活鱼虾的市场，也都是楼上那些人——外地带着大笔钱来买房的业主，带动了钓鱼吃鱼的风气。刘叔叔去过几次，发现在钓鱼这件事上他真是天赋异禀，怎么说呢，同样的杠杆原理，从前用吊车的吊臂，如今用鱼竿而已，体量变小，原理相同，且都依靠技术，还不费力气。刘叔叔对花力气的工作十分抵触。他看不上从前工厂的同事们如今做的那些营生，超市卸货员、商场保安，还有人在停车场做看车员，从早到晚都在地下车场抄车牌——见不到天光。刘叔叔上了多年夜班，他最不怕寂寞的工作，他就该做一个钓鱼人。钓鱼是寂寞的个人劳作，却也是呼朋引伴同来同往，这一点和他当初开吊车的工作也类似。他收成颇丰——肯定“丰”过了许叔叔，只是他们互不认识，靠几个眼神交流过，便在内心里引对方为同道人。许叔叔一无所获的日子，提议向刘叔叔买鱼——价钱按最高市价算。为什么？刘叔叔不理解。“因为不想空手回去，那会让这件事少那么点美感。”许叔叔的回答更让刘叔叔不解，他暗自以为这买鱼的男人可能是怕回家被夫人责怪。刘叔叔卖了两条小草鱼，附送几条小泥鳅，买卖双方都心安理得，合作愉快。

刘叔叔收了钱回家，心情愉悦，在电梯间被拦截的时候难免自信，因而率先动了手。物业公司派了几个穿制服的年轻人劝架，他们嘴上浅浅的绒毛是金黄色的，一开口才知不是本地人。他们调解了纠纷，“已经打过110”，他们宣布。但警车不会来“你值得拥有”，因为所有人都知道，这样的纠纷每三五天就发生一回。有一次二层一个女人穿了棉睡衣，脸上挂着面膜在游泳池边晒太阳，泳池边的女孩们指指戳戳的样子激怒了她。她发起脾气来，骂骂咧咧往游泳池里扔了一大把瓜子皮。物业公司要求她赔偿，为游泳池换水的费用在这座北方缺水的城市里更是不菲，当然赔不起。警车那次来了，却无能为力。女人说她会负责把瓜子皮都捡出来，物业公司干什么要小题大做，让她赔钱？她真的都捡出来了，用漏勺舀出来的。漏勺是她自己的，长柄上缠着褪色的红毛线，布满油迹。瓜子皮事件不了了之，110的小面包车往后便懒得再来，来了也没用。

钓鱼赚钱的事只在刘阿姨心中一闪而过。她关心泳池边的“水鸟”们：她们如何生活？她们唯一的工作就是不断制造出水花飞溅的声音。这声音是刘阿姨的困扰，已经超过她为物业费账单困扰的程度。她想，“水鸟”们就像水库里那些鱼，被吊钩上的饵，诱惑着上钩。她们心甘情愿挤在高楼中央凹陷下去的水池子里，仰头等待从天而降的钓饵。“可是她们都比我女儿差远了。”刘阿姨认为，但可惜刘越不是“水鸟”，做“水鸟”是不能成天躺着不下水的。天下没有躺着的“水鸟”，除非它们死了。

6

和许飞一生中对很多事的体验一样——没有早一点，也没晚一点，她如期大学毕业。她拿到全班居中的名次，第十六名，有十五个人成绩比她好，有十五个人不如她。尽管每次考试前，她都忧心忡忡以为不能过关，但结果总是无惊无险。她注定得无惊无险过一生，这也许不错。但也因此，那些忧心忡忡的焦虑，就显得荒唐可笑、全不必要。她总是想起小时候去体育馆躲爆破。她全副武装、严阵以待，却不过只听见遥远的、雷一般的声响，到头来，什么也没发生。

许飞在许阿姨某位熟人介绍下，进了银行工作，朝九晚五。报到之后知道，所有应届毕业生都被分配去各街道储蓄所锻炼两年。许阿姨又找了熟人，送出去昂贵的灵芝人参若干。送纯毛毛线就能搞定工作的年代多好——许阿姨心疼着，对手上一张买灵芝人参的药店发票说话。许飞因此被分配到四平路储蓄所，就在她小时候游泳的少年宫旁边，新建写字楼一层右边角落的门面，就是了。储蓄所比这一排门面，多两层铁栅栏门。许飞上班，都站铁门外等开门。她是没有特长和背景的职场新人，不敢迟到一秒。这种时候，她都觉得储蓄所像动物园的铁笼子，她心甘情愿把自己关进去。储蓄柜台前，也是栏杆，不锈钢的，大笼子里又一个小笼子。她每天在纹丝不动的两个笼子里纹丝不动地敲小键盘。

许阿姨打定主意不让女儿离开四平路，以便她还可以和从前一样，透过阳台那排花盆观察许飞是否准点回家，路上有无和陌生人说话。许阿姨的视力老花了，这样她更有实力看远处。她离退休还有四年七个月，想来也不会很久。

“你值得拥有”的楼，盛名减退，里面业主和回迁户旷日持久的矛盾不断激化，斗殴发生过几次，有人受过伤。这些传闻让许阿姨得到宽慰，至少她住的四平路这边的“城市风情老建筑”里，邻里和睦。只是邻居们都不似从前了，有人卖了房子，又补贴了一部分钱去买了“你值得拥有”的房子。还有不少住户把房子租给来城市打拼的年轻人。那些年轻人，口音各异，面孔各异，但无一例外都是许阿姨陌生的。她不再知道谁家婆媳关系不好，谁家夫妻正闹离婚，谁家小孩有尿床毛病——她认为这是她一生当仁不让的职责，如今英雄无用武之地。好的是，许飞已经拿回第一笔工资，并如数交给了许阿姨。许阿姨这些年换了三本存折。她拒绝使用银行卡，存折上的数字才令人安心。长久以来这数字首次有增长的希望，尽管数额依然渺小。她慷慨分给许飞一笔不多的零用钱——她认为其实不必要。因为许飞吃住都在家里，上班可以步行去储蓄所——全程七百米，途经一个红绿灯。许飞不产生任何消费，眼下不产生消费的人难能可贵，也近似不存在。许阿姨就替女儿把工资存起来，用另一个存折，以便在她下一阶段的目标中发挥作用，下一个阶段的目标，许阿姨已经拟定，当然是让许飞结婚生子。

许飞这天下班回家时，许阿姨在做菜。一条死鱼在案板上大睁眼睛。

“恰好你回来了，帮我系一下这个，我手上有鱼腥气。”许阿姨操弄着案板上的鱼。她身后围裙的带子散开了，许阿姨扭头看飘来荡去的两根绳子，这动作让患肩周炎多年的许阿姨痛苦不堪。

许阿姨知道丈夫“钓”回来的多数鱼，都花了大价钱，但她拿他没办法。许叔叔自有一套钓鱼美学，他这些年一直生活在这套美学中：“风和日丽，三五好友，呼朋引伴，几架旧车，几瓶泉水，绿树成荫，雀鸟齐鸣，心无杂念，愿者上钩，旧桶新鱼，旧瓶新酒，了此平生，幸甚至哉。”

这段美学论，漏洞相当多，许阿姨条分缕析过，比如，没有“风和日丽”的天气，许叔叔也会去钓鱼；泉水也勉强，他喝的不过是家里烧的白开水；旧自行车也只许叔叔骑，来回十公里，不少人都开车去钓鱼；至于

"幸甚至哉"，更是荒唐，因为没钓上鱼，他还要花钱买别人的鱼，这不该是"倒霉至哉"才对吗？许叔叔也解释："现在水库收费钓鱼，不只我花钱，别人都花钱。收费以鱼的重量为标准的，公平合理。"好像如果所有人都花了钱，自己花钱买鱼便是理直气壮了。真理直气壮也罢，但许家餐桌如今每天有鱼，这太奢侈，奢侈得让人无法理直气壮。

许阿姨对收拾鱼的工作力不从心。这些滑不溜秋的小东西看上去悠闲温顺，但指头一碰上它们，就开始激烈挣扎。某些顽强的鱼类还会挣脱出去，在地板上垂死弹跳，无手无脚更利于它们打挺身子翻滚。每翻个滚，许阿姨就觉得是钞票翻了一翻，折损了几许。每斤鱼都是钞票换来的，多翻几下就没了。

这天的"钞票"是自己翻死的。许阿姨关了厨房门，凭那条鱼在厨房地板上蹦跳了几个小时，弄翻了靠墙摆的一摞簸箕。许阿姨站在厨房门外，听门内乒乓作响的动静，似乎戏台即将开场敲出的锣鼓喧天。她屏气凝神，等动静全无，才开了门，在一只旧的竹簸箕下，找到了筋疲力尽的鱼。

我不应该怕这小东西的，她想。但也许，因为许叔叔对这东西的热爱，才让她怕它。它在许叔叔那只钓鱼专用的尼龙桶里时，确实美丽；它到了她手里，就变得凶悍极了。它肯定恨她，而她也恨它。她得把它们都炸来吃掉，哪怕今天吃完明天还会有新的它们，侵入她的厨房，占领她拥挤不堪的家。多年居住在家中，累积出的用品数量，超乎她的想象。这房子的面积仿佛是会萎缩的，一套逐年累月变小的房子。不只面积变小，连电视机、冰箱、洗衣机，都越来越袖珍、不够用。水电管道也变小，电表会时不时跳闸，下水管总是堵住。

变小就是变老，老就是小。许阿姨有时会对着镜子说。她也在变小，胸脯、脸庞，甚至眼睛，都不及年轻时饱满。房子都老了，人还不老吗？而她的身体内部，也变小了，就像腐坏的水电管道，肠胃也会腐坏变小、容易堵塞。这些年她吃掉的死鱼，终于累积成腹泻病症。她不能不吃死鱼，因为都是钞票，她也不可能让女儿和丈夫不吃死鱼。

她怎么不怕它们呢？哪怕她现在，人在马桶上，心里想的仍是鱼。案板上的鱼还没收拾完毕，她匆匆坐上马桶，似乎那鱼仍在案板上弹跳。但弹跳的不是鱼，是泥鳅，买鱼送泥鳅。六尾泥鳅养在卫生间的洗脚盆里，像盆底沉淀的几笔水墨。泥鳅被排泄的妇人惊动了，妇人同时被泥鳅惊动，彼此怨恨。

更怨恨的场景，发生在她起身冲水后，马桶再次堵住。仿佛她的肠胃一旦通畅，这房子的肠胃就无法通畅。她怨恨地闭上眼睛，再睁开，仿佛这样做，就能解决问题。她知道马桶旁有皮搋子，但她不想碰，因为还有条“死不瞑目”的鱼，在等她收拾。她踢了一脚马桶，拖鞋撞上马桶，马桶纹丝不动。

她捂了鼻子，左顾右盼，想找点什么东西，却不知自己要找什么。被各种物品塞满的卫生间里，没一样东西是她需要的。她其实不需要这房子里所有东西。

她后退着，脚跟碰到洗脚盆。那些狡猾的泥鳅又彼此交织了身体，似乎都想从这方寸的水域间逃离。

“你们根本逃不出去，不是吗？我逃了一辈子，都在这房子里，怎么可能让你们逃出去？”她看见那些鬼头鬼脑的小东西，一个个都想往什么地方钻，可笑极了。

她自言自语：“就让我来解决你们的问题吧。”泥鳅是善于钻营的，钻营这个词很形象——不钻营，它们都得死。

她把一盆泥鳅，都倒进马桶。

泥鳅们惊慌间，蹦来蹦去，都没能蹦出这更污秽的水域。她得意地笑起来，以为泥鳅们再钻，就会沿下水道钻过去，那么，她和泥鳅是双赢。

但没有双赢。过了一会儿，泥鳅们又浮上水面，继续扭曲身子，盘根错节地坚持着。马桶堵塞没有好转，却因她倒泥鳅时倾倒了更多水，堵塞反而更严重。污气升腾开，秽物浮上来。她无可奈何又疲惫不堪，想，我怎么办？

不过是需要动力，他们都需要一点动力。她一直有动力，也有目标，却没有出口。但泥鳅们有出口，她要做的，是给点动力，帮它们找到那个出口。

于是她烧了壶开水，倒进马桶。

在这座楼住的这些年，许叔叔从没上过楼顶。这天往六层楼顶走的时候，他一直在思考，为什么自己从没上过楼顶？

到四楼，他在楼道的一扇小圆窗户前往外看，果然与三层视野不同些，但难闻的空气并没有好转。他皱了皱眉，接着往上走。

这天他进家门前，就先闻到这股恶气。他是最经不起这种恶气的，那不符合他的美学。开门才知道，这恶气竟来自自家卫生间。

而卫生间污糟的场面比恶气更令他痛苦，此后将一直在他脑海挥之不去，将他苦心维系多年的风雅生活毁于一旦。棕黄的固体、液体，布满卫生间地面，其间甚至还潜伏几尾浑身通红的泥鳅，那通红中有雪白的疮疤闪现，像溃烂中的脓疮，流出白色液体。

他抑制不住要呕吐，又因为卫生间没有落脚之地而不得不吐在客厅垃圾桶里，然后看见自己的呕吐物，不禁吐了第二次。在第三次呕吐发作前，他急忙拉开家门，跑了出来。他没有下楼，却是上楼。也许是慌不择路，也许是上楼的楼梯看起来更近。

他跑了一层楼，仍然惊魂未定，心想，气味如果往上走，他也许应该下楼？这样他跑上五楼，开始喘气。五楼的视野又更好些。他回想起，许阿姨在卧室冲他嚷："泥鳅不应该钻过马桶吗？为什么倒了开水都没钻？都跑出来了，都跑出来了，怎么都跑出来了……"

许叔叔也跑出来了。他肩上装渔具的圆筒都没来得及放下。

他上到六层，发现楼梯拐了一个弯，继续往上。再往上，是天台。

他上了天台，没有楼梯可以让他再上一层楼了。他来回走着，看对面那座名为“你值得拥有”的高楼，把二十八层一层层数过，心想总有一天，他要去那边的天台，看看这边，那一定是极过瘾的事。欲穷千里目，更上一层楼哇。

他看不见二十八层天台，但二十八层的天台上，刘叔叔能看见他。

刘叔叔如今是“你值得拥有”楼里的回迁户维权委员会会长，主要工作任务是抗衡业主委员会。他的工作方法主要依靠赌气和暴力。

他不明白为什么业主委员会那些人要贴封条，难道以为一根布条就能拦住大活人吗？他偏偏扯了电梯门上的封条，只要电梯有电，谁也不能阻止他坐电梯。这天他还一直坐到二十八层，电梯中间停过几次，上来一些女人和小孩，他跟着女人和小孩回到一层。他想，干脆再坐一次。

这次他没这么好运。电梯在一层，挤上来几个男人。刘叔叔认出，其中一个男人和自己打过一架。那男人指着刘叔叔的鼻子，硬把他逼下了电梯。他们人多势众，刘叔叔无法逞强。他试图挤回电梯，但电梯门已经合上。他拍了两下电梯门，封条因此缠在了他的胳臂上，甩也甩不掉。

刘叔叔本来只想爬一层楼回家的，但没有灯的安全通道，实在太黑了，黑暗让他的委屈感膨胀了。为乘坐电梯的权利，他努力了很多年，又总是在无法按时缴纳物业费的问题上理屈词穷、败下阵来。他如今再不能卖鱼赚钱了，甚至去钓鱼还得给水库交钱。城市里所有东西都要他掏钱，却没一处地方给他发钱。他摸索着上楼，在声控灯终于亮起的时候，发现自己已经上到了四楼。

他把肩上装有渔具的圆筒包调整了一下位置。这天他本是想去“浑水摸鱼”的。水库钓鱼要收费，他以为自己能找到不收费的地方钓鱼。这些年他只对钓鱼这件事有兴趣，偏偏从赚钱的事变成了赔钱的事。他没成功，没鱼上他的钩，败兴而归。他如今一件事也做不成，连爬楼梯都变成难题。他抚摸自己生涩作响的膝盖，决心今天一定要爬上楼顶。

这个世界，从屋顶上看，还不赖的——刘叔叔想。

尽管爬二十八层的过程苦不堪言，站在二十八层天台的刘叔叔，仍然感到心旷神怡。楼下的泳池，在刘叔叔眼中，只有指甲盖大小。泳池边婀娜的姑娘们成了烧饼上的芝麻，好像他轻吹一口气，她们就会飞起来一般。泳池比起磅礴无边的水库是小了些，但依然是汪清水。他又去天台另一边看，是红砖墙面的六层板楼。年岁侵袭，红砖的颜色褪成各种浅粉。如果当初拆的是那边，那我就是那边的生活了吧。刘叔叔不无羡慕。

刘叔叔就在二十八层的屋顶，打开渔具筒，撑开了鱼竿。

他觉得，泳池边的姑娘们小得就像鱼钩上一团鱼饵。

许飞也被家中的臭味赶出来了。她倒是想帮许阿姨清理，不像之前逃出家的许叔叔，但许阿姨不让。“你出去玩会儿吧，我弄好了你再回来。”许阿姨说，但她筋疲力尽，暂时不想靠近卫生间半步。

许飞长到二十多岁，许阿姨都没这么说过，“你出去玩会儿吧”。

许飞答应着，却不知道去哪里。“我去哪里玩会儿?”

“我不知道，你就是，就是，离开这里，你出去玩会儿都不会吗？”许阿姨尖叫着，倒把许飞吓一跳，她从没见过许阿姨抓着自己不多的头发尖叫的模样。但许阿姨竟然很快平静了，又轻声说：“去那边吧！你不是刚说，今天碰见了刘越吗？”许阿姨确实不知道应该让女儿去哪里。

许飞就下楼，穿过四平路，在“你值得拥有”的楼下给刘越打电话。她也想不出自己还有何处可去。

刘越很快下楼，穿双大了几号的塑料拖鞋。“今天可真是精彩，你来得正巧。”刘越急匆匆拉着许飞的手说。

“怎么了？”许飞以为刘越已经知道自己家发生的“洪灾”了。

刘越却说：“又打起来了，楼上的不让我们坐电梯，走，我们偷偷溜进去。”仓促之间，刘越确实没能说清她住这栋“你值得拥有”的楼里，业主委员会不允许回迁户坐电梯的问题，“他们瞧不起人。”刘越匆忙给出结论。

电梯门上贴着黄色封条，封条上写：“珍爱环境，少用电梯。”

“其实就是瞧不起人，”刘越又说，“因为我们没交物业费。”

“为什么不交物业费？”许飞问。

“因为太贵，交不起。”刘越从安全出口进楼梯，带许飞上楼。只是二层，走了十八级台阶。

刘越家和许飞想象中大不一样。狭窄的客厅堆满大包编织袋，更像个尘封多年的仓库，连味道也是仓库的。“都是我卖的衣服。”刘越解释。桌上铺满快递单，在光线不好的室内，许飞没法看清快递单上的字。

“一单赚五块钱，好像还可以。我从别的地方买来，再卖出去。”刘越说。许飞却只觉得明明刘越近在身旁，她却只听见声音，看不清人影，那声音也像从很远传来。“我也想不到，我会做生意。”那声音又说。

两人就站窗前说话。“如果光线很暗，人就会不自觉地往窗前站”，当时刘越正说这个。然后她们都听见楼下女孩们嚷嚷：“嘿，看哪，看楼顶，那是什么？”

楼下游泳池边，十几个姑娘齐刷刷仰头：“有个人在顶楼钓鱼？”“天哪，真的，是不是个疯子？”

刘越一把拉上窗帘，屋内更暗了。那些姑娘嚷什么，她一点兴趣也没有——那些都是住楼上的姑娘，而楼上那些业主，只会做些莫名其妙的事，比如给电梯贴封条。

何况，刘越第一次遇见许飞也是在游泳池——那真是很多年以前了。她让许飞别管了，如今疯子很多，除非疯子，谁会平白无故在楼顶钓鱼呢？

“说来好笑，那时你那件游泳衣真是……”刘越说。

但许飞只是看着她，像小时候那样。这让她突然不知道怎么说下去。

两人就把脸贴窗帘上，依然听见楼下的说说笑笑——不知说什么，但听上去很好笑。

过了一会儿，刘越认为不得不说点什么：“你还记得吗，我们曾经都想离开这里。”

许飞也过了一会儿才答：“你真的认为，我们错过了很多吗？”